HANS JOACHIM SCHÄDLICH

Das Tier,

das man Mensch

Rowohlt   nennt

Originalausgabe
Veröffentlicht im Rowohlt Verlag, Hamburg, März 2023
Copyright © 2023 by Rowohlt Verlag GmbH, Hamburg
Satz aus der Lapture
bei Pinkuin Satz und Datentechnik, Berlin
Druck und Bindung CPI books GmbH, Leck
ISBN 978-3-498-00232-9

Die Rowohlt Verlage haben sich zu einer nachhaltigen Buchproduktion verpflichtet. Gemeinsam mit unseren Partnern und Lieferanten setzen wir uns für eine klimaneutrale Buchproduktion ein, die den Erwerb von Klimazertifikaten zur Kompensation des CO_2-Ausstoßes einschließt.
www.klimaneutralerverlag.de

In memoriam
Alexander V. Isačenko

«... hauptsächlich hasse und verachte ich
das Tier, das man Mensch nennt, obwohl ich
herzlich John, Peter, Thomas usw. liebe.»

JONATHAN SWIFT,
BRIEF AN ALEXANDER POPE
VOM 29. SEPTEMBER 1725

Die Nacht der Poeten

Der Pockennarbige ließ die schweinsäugige Halbglatze rufen und befahl, die Schriftstellerjuden auszurotten. «Sie schreiben zwei andere Sprachen», sagte der Pockennarbige. «Wurzellose Kosmopoliten. Internationale Verschwörer.»
Schweinsauge legte am nächsten Tag eine Liste mit dreizehn Namen vor:
David Bergelson
Itzik Fefer
David Hofstein
Jossif Jusefowitsch
Leib Kwitko
Solomon Losowski
Perez Markisch
Boris Schimeliowitsch
Benjamin Suskin
Leon Talmi
Emilia Teumin
Chaja Watenberg-Ostrowski
Ilja Watenberg
«Das ist doch nicht alles!», sagte der Pockennarbige.
Schweinsauge sagte:
«Die berühmtesten. Eine erste Charge. Es sind Übersetzer dabei, ein Schauspieler, ein Arzt und ein Ex-Stellvertretender Außenminister.»

Der Pockennarbige machte hinter jedem Namen ein Häkchen.

Schweinsauges Häscher schwärmten aus, die Juden einzufangen.

Der erste, den sie griffen, war David Hofstein, am 16. September 1948. Der letzte war am 3. Juli 1949 Leon Talmi.
In den Kellern mußten die dreizehn eine Schuld bekennen.
Um ihr Bekenntnis zu befördern, wurden sie gefoltert. Sie durften nicht schlafen. Sie wurden geprügelt, mit Fäusten oder Knüppeln. Es wurden ihnen die Fingernägel ausgerissen.
Die Folterungen und falschen Geständnisse waren sinnlos, weil von vornherein feststand, daß sie sterben sollten.
Am längsten brachten Hofstein, Fefer und Suskin in den Kellern zu.
Sie waren schon 1948, im September und Dezember, verhaftet worden. Die anderen 1949.

Als erster bekam Ilja Watenberg eine Kugel in den Kopf, am 12. Januar 1952.
Sieben Monate später, in der Nacht vom 12. zum 13. August 1952, wurden die zwölf anderen erschossen.
Der Schütze war Wassili Blochin.

Von 1924 bis zum Tod des Pockennarbigen im März 1953 war die Ermordung von Häftlingen Blochins Geschäft. Nebenbei nahm er an Fernkursen des ‹Instituts zur Erhöhung der Qualifikation ingenieurtechnischer Arbeiter› teil.

Bei den Erschießungen trug Blochin eine lederne Metzgerschürze, um seine Uniform vor Blut- und Gehirnspritzern zu schützen.

Er schoß mit einer deutschen Walther-Pistole, weil die bei ständigem Feuer nicht klemmte.

Antwort

Philipp II., König von Makedonien, drohte Sparta, der Hauptstadt Lakoniens:
«Wenn ich euch besiegt habe, brennen eure Häuser, und eure Frauen werden Witwen.»
Die Antwort der Spartaner:
«Wenn.»

(NACH PLUTARCH)

Report

Oybin in der sächsischen Lausitz, Kurort und Wintersportplatz, Sommer 1944.

Frau Richter aus der Töpferstraße sagt zu ihrem Nachbarn:
«Wer ist der Kerl mit dem komischen weißen Hut. Der wohnt mit seinen Leuten in der Schlesischen Versicherung. Die haben das ganze Haus.»
Der Nachbar sagt:
«Das ist ein Araber.»
«Was macht ein Araber in Oybin?»
«Weiß ich nicht.»
«Der geht jeden Tag in sein Büro im Haus ‹Charlotte›. Die Kinder laufen ihm hinterher. Der gibt den Kindern Schokolade. Unser Martin hat auch Schokolade von ihm gekriegt. Wo hat der die Schokolade her. Unsereins kriegt keine zu kaufen.»
Der Nachbar sagt:
«Vielleicht von der Wehrmacht.»
«Was hat der mit der Wehrmacht zu tun.»
«Keine Ahnung.»

Mohammed Amin al-Husseini, Großmufti von Jerusalem und Vorsitzender des Obersten Islamischen Rates im britischen Mandatsgebiet Palästina, geboren 1895, stammte

aus einer wohlhabenden Familie, die über ausgedehnten Landbesitz verfügte. al-Husseini haßte Juden, und er haßte Briten. Husseinis große Zeit kam 1933. Die Nazis, die in Deutschland 1933 an die Macht gebracht worden waren, hatten die Vernichtung der Juden auf ihre Fahne geschrieben. Kurze Zeit nach der Machtübergabe an die Nazis bot Husseini ihnen seine Dienste an.
Bei dem Aufstand der Araber in Palästina gegen die Juden und die britische Mandatsmacht 1936–1939 spielte Husseini eine führende Rolle. Britische Truppen schlugen den Aufstand nieder.
Husseini floh in den Irak. In Bagdad beteiligte er sich an einem Putsch gegen die britische Kolonialmacht. Am 1. und 2. Juli 1941 nahm er an einem Pogrom gegen irakische Juden teil.
Nach dem Scheitern des Putsches in Bagdad floh Husseini im Oktober 1941 nach Rom. Er traf mit Mussolini und mit dem Außenminister Ciano zusammen.

Am 6. November 1941 flog Husseini nach Berlin.
Er sprach mit Ribbentrop. Am 28. November empfing ihn Hitler.
Husseini ersuchte Hitler um Hilfe beim Aufbau eines arabischen Staates in Palästina.
Er sagte:
«Die Araber sind die natürlichen Freunde Deutschlands, weil sie drei gemeinsame Feinde bekämpfen: die Juden, die Engländer und den Bolschewismus.»
Hitler sagte, Deutschland trete für einen kompromißlosen Kampf gegen die Juden ein. Dazu gehöre selbstverständlich der Kampf gegen die jüdische Heimstätte in Palästina. Das deutsche Ziel sei die Vernichtung des Ju-

dentums im arabischen Raum, das unter der Protektion der britischen Macht lebe.
Husseini erhielt in Berlin eine Residenz in einem Haus aus jüdischem Besitz. Es wurde ihm ein Mitarbeiterstab zur Verfügung gestellt. Das Auswärtige Amt zahlte ihm monatlich 90 000.– Mark, zum Teil in Valuta.
Husseini betrieb antisemitische Hetze in Deutschland und – über den «Deutschlandsender» Zeesen – in arabischsprachigen Ländern. Der Langwellensender Zeesen bei Königswusterhausen sendete u. a. als «Voice of Free Arabism» (VFA) in arabischer Sprache.
Am 19. Dezember 1941 sagte Husseini bei der Eröffnung des Islamischen Instituts in Berlin:
«Unter denen, die die Muslime am meisten hassen, sind die Juden.»
Anläßlich des Fastenbrechens 1942 sprach er in der Wilhelmsdorfer Moschee.
Nach dem Sieg der West-Alliierten in der zweiten Schlacht von El Alamein über die deutschen und italienischen Truppen im November 1942 rief Husseini zum Dschihad gegen die Juden auf.
In dem von Nazi-Deutschland und Italien besetzten Jugoslawien warb Husseini Anfang 1943 muslimische Bosnier für den Eintritt in die SS. Bis April meldeten sich über 20 000 muslimische Freiwillige.
Es kam Husseini entgegen, daß muslimische Politiker auf einen Anschluß Bosnien-Herzegowinas an das Großdeutsche Reich hofften.
Husseini bildete die Imame dieser SS-Truppen aus.
In einem Vortrag sagte er zu den Imamen:
«In der Bekämpfung des Judentums nähern sich der Islam und der Nationalsozialismus einander an.»

Unter dem Kommando deutscher SS-Offiziere bildeten die muslimischen Rekruten einen Verband, aus dem die 13. Waffen-Gebirgs-Division der SS «Hanjar» hervorging. Sie wurde Anfang März 1943 im bayerischen Mittenwald aufgestellt und im Sommer 1943 in Frankreich ausgebildet.
Am 13. Januar 1944 inspizierte Husseini die Hanjar-Division. Er schritt die Front, den Arm zum Hitlergruß erhoben, gemeinsam mit dem Generalmajor der Waffen-SS, Karl Gustav Sauberzweig, ab, der die Division vom August 1943 bis Juni 1944 kommandierte.
Im Februar 1944 wurde die Division nach Bosnien verlegt.
Die Angehörigen der Division trugen schwarze Fese mit Adler und Totenkopf. Der arabische Krummsäbel Hanjar war das Truppenkennzeichen auf dem Kragenspiegel.
Die Division ermordete den größten Teil der bosnischen Juden. Sie verfolgte und ermordete Sinti und Roma und kämpfte gegen die Partisanen Titos.
Am 1. März 1944 rief Husseini die Muslime über den Sender Zeesen auf:
«Tötet die Juden, wo immer ihr sie findet. Das gefällt Gott, der Geschichte und der Religion.»
Himmler ernannte Husseini zum SS-Gruppenführer.

Seit dem Sommer 1944 lebte Husseini als persönlicher Gast Hitlers in Oybin, dem Kurort in der sächsischen Lausitz.
Die Behörden überließen ihm als Wohnsitz das ehemalige Genesungsheim der Schlesischen Provinzial-Versicherungsanstalt Breslau, eine Villa in der Kammstraße

und Büroräume im Haus «Charlotte» in der Töpferstraße.
In Oybin blieb Husseini bis Februar 1945.

Bei Kriegsende floh Husseini in die Schweiz. Die Schweizer Behörden lieferten ihn am 8. Mai 1945 an Frankreich aus.
1946 durfte er die französische Haft verlassen. Ägypten gewährte ihm Asyl.
Noch 1946 erreichte er Palästina und organisierte den Kampf gegen die Juden.
Der Führer der Moslembruderschaft, Hassan al-Banna, verkündete 1946:
«Der Mufti ist Palästina, und Palästina ist der Mufti ... Deutschland und Hitler sind nicht mehr, aber Amin al-Husseini setzt den Kampf fort.»
Husseini starb 1947 in Beirut.

Geständnis I

1587. Dillingen an der Donau, Residenzstadt der Bischöfe von Augsburg.

Seit neunzehn Jahren hatte Walburga Hausmännin als Hebamme in Dillingen gearbeitet. Die meisten Kinder, denen sie auf die Welt geholfen hatte, lebten gesund und munter. Aber manche Kinder kamen tot zur Welt, und manche Kinder starben bald nach der Geburt.
1587 wurde Walburga Hausmännin angeklagt.
Es wurde ihr vorgeworfen, sie habe Neugeborene erstickt und deren Blut getrunken.
Walburga Hausmännin bestritt den Vorwurf.
Das Gericht ordnete die Folter an. Ihre Arme wurden auf dem Rücken zusammengebunden. An ihre Füße band man Gewichte. Ein Flaschenzug zog sie an den Armen ruckartig in die Höhe. Ihre Schultergelenke wurden ausgerenkt.
Ihre Daumen wurden mit Daumenschrauben, ihre Beine mit Beinschrauben zusammengepreßt, bis Blut austrat.
Schließlich legte Walburga Hausmännin ein erfundenes Geständnis ab:
Als 1556 ihr Mann gestorben war, habe sie mit einem Knecht abgemacht, noch in derselben Nacht Unkeuschheit mit ihm zu treiben. Aber es sei nicht der Knecht

zu ihr gekommen, sondern der Böse Geist. Nachdem sie mit ihm Unzucht getrieben, habe sie seinen Geißfuß entdeckt. Sie habe Jesus angerufen, und der Buhlteufel sei verschwunden. Den Lohn, einen halben Taler, habe sie aber weggeworfen.
«In der nächsten Nacht ist der Buhlteufel wieder zu mir gekommen. Er hat mir versprochen, mich für immer vor Armut zu schützen.
Ich habe mit meinem Blut unterschrieben. Der Buhlteufel hat mir die Hand geführt, weil ich nicht schreiben kann. Ich bin mit ihm auf einer Mistgabel aufgefahren zu einer Teufelsversammlung. Dort habe ich den Großen Teufel getroffen. Er hat meine Abmachung mit dem Buhlteufel gutgeheißen. Ich mußte Jesus verleugnen, und der Große Teufel hat mich auf den Namen Höfelin getauft und den Buhlteufel auf den Namen Federlin. Im Kerker kam Federlin öfter zu mir und hat sich fleischlich mit mir vermischt.»

Unter dem Bischof von Augsburg, Marquard vom Berg, wurde Walburga Hausmännin der Hexerei angeklagt und zum Tode verurteilt.
Das Urteil bestimmte, daß der Karren, auf den sie gebunden war, auf dem Weg zur Richtstätte mehrmals anzuhalten hatte.
Bei jedem Halt wurde ihr Leib mit einer glühenden Zange gezwackt.
Vor dem Rathaus ihre linke Brust und ihr rechter Arm.
Unter dem Stadttor die rechte Brust.
Beim Mühlbach ihr linker Arm.
An der Richtstätte ihre linke Hand.

Die rechte Hand, die Eideshand, wurde ihr abgeschlagen.
Walburga Hausmännin wurde in Dillingen bei lebendigem Leibe verbrannt, am 2. September 1587.

Ich spiele nicht

Fürst Karl von Lichnowsky, geboren am 21. Juni 1761, war Kammerherr am kaiserlichen Hof in Wien.
1792 kam Beethoven nach Wien. Es heißt, er habe anfangs im Hause Lichnowskys gewohnt.
Beethoven widmete Lichnowsky 1793 die drei Klaviertrios op. 1 und im Jahr 1798 die Klaviersonate c-Moll op. 13 «Pathétique».
Seit 1800 zahlte Lichnowsky Beethoven ein Gehalt von 600 Gulden jährlich.
1801 widmete Beethoven ihm die Klaviersonate As-Dur op. 26 und 1802 die 2. Sinfonie D-Dur op. 36.
Beethoven nannte Lichnowsky 1805 einen der loyalsten Freunde und Unterstützer seiner Kunst.

Fürst Karl von Lichnowsky gehörte Schloß Grätz, im habsburgischen Mähren, südlich von Troppau.
1806 hielt sich Beethoven im Gefolge Lichnowskys im Schloß auf. Er lernte dort Franz von Oppersdorff kennen und unternahm mit ihm einen Ausflug nach Oberglogau, zum Schloß Oppersdorffs.

Als Gäste des Fürsten verweilten im Schloß Grätz hohe napoleonische Offiziere. Lichnowsky arrangierte für sie eine Soiree. Er bat Beethoven, für die Napoleonischen zu spielen.

Beethoven weigerte sich.
«Ich spiele nicht für die Feinde meines Vaterlandes.»
Lichnowsky, zutiefst verärgert, versetzte Beethoven einen derben Stoß. Beethoven schloß sich in sein Zimmer ein.

Der Kapellmeister Ignaz von Seyfried berichtet:
Karl von Lichnowsky stieß die Tür mit einem Fußtritt auf.
Beethoven ergriff einen Stuhl und wollte dem Fürsten über den Kopf schlagen. Aber Oppersdorff fiel Beethoven in den Arm.
Lichnowsky eilte aus dem Zimmer.
Beethoven verließ mitten in der Nacht das Schloß.
Zu Hause zerschmetterte Beethoven die Büste Lichnowskys.
Fürst Karl von Lichnowsky stellte die Zahlungen an Beethoven ein.

Was hat Charlie gesagt

Charlie hat gesagt:
«Ich hab was mit der Apothekerin. Ihr Mann ist Förster.
Sie: ‹Mein Mann hat gesagt: Den knall ich ab.›
Hat er in seinem Jeep Stellung bezogen.
Scheibe runter.
Flinte angelegt.
Is aber nich zum Schuß gekommen.
War'n noch andre Leute vor meiner Haustür.»

Blaue Augen, blondes Haar

Die Frau des KZ-Kommandanten sagte:
«Was soll ich in Polen. Wen kenne ich dort?»
«Mich», sagte der KZ-Kommandant.
Sie sagte:
«Ich gehe nicht mit. Ich bleibe in München. Geh du in dein Maidanek.»
Der Kommandant sagte:
«Ich gehe in das Lager Budzyn. Das gehört zu Maidanek.»
Die Frau sagte:
«Ich besuch dich.»

Die Frau des KZ-Kommandanten war in München mit ihrer Nachbarin befreundet, die zwei Kinder hatte.
Die Frau des KZ-Kommandanten schrieb an ihren Mann in Budzyn:
«Andere Frauen, wo die Männer an der Front sind, haben Kinder. Sie sind nicht allein.
Ich kann keine Kinder kriegen.
Mir fällt langsam die Decke auf den Kopf. Nächste Woche komme ich nach Budzyn.»

Die Frau des KZ-Kommandanten fragte ihren Mann:
«Was sind die, im Lager?»
Der KZ-Kommandant sagte:

«Juden. Zirka zweitausend. Und Polen. Die müssen bei Heinkel arbeiten. Männer und Frauen. Auch welche mit Kindern.»
Die Frau des KZ-Kommandanten sagte:
«Müssen die Kinder auch arbeiten?»
Der KZ-Kommandant sagte:
«Sie bleiben im Lager.»
Die Frau des KZ-Kommandanten sagte:
«Ich will die Kinder sehen.»

Der KZ-Kommandant inspizierte das Lager, seine Frau begleitete ihn. Auf den Stufen einer Baracke saßen zwei Mädchen. Sie waren ungefähr vier oder fünf Jahre alt. Obwohl die Köpfe der Mädchen geschoren waren, schimmerten die Stoppeln des einen Mädchens blond. Dieses Mädchen hatte blaue Augen.
Die Frau des KZ-Kommandanten sagte:
«Haben Juden blonde Haare und blaue Augen?»
Der KZ-Kommandant sagte:
«Manchmal. Aber die zwei sind keine Juden. Das sind Polen.»

Der KZ-Kommandant ging mit seiner Frau im Garten des Kommandanten-Hauses spazieren. Im Garten arbeitete eine Gefangene.
Die Frau des KZ-Kommandanten sagte:
«Eine Gärtnerin?»
«Nein», sagte der KZ-Kommandant, «eine Lehrerin.»
Die Gefangene hörte die Frau des KZ-Kommandanten sagen:
«Ich möchte das blonde Mädel morgen mitnehmen. Laß es uns aus dem Lager holen.»

Am nächsten Morgen befahl der KZ-Kommandant zwei Wachmännern, das blonde Mädchen aus dem Lager zu holen und in sein Haus zu bringen.

Aber das Mädchen war nicht zu finden, auch seine Mutter nicht.

Sie hatten sich versteckt, wo sie nicht gesucht wurden: in einer Latrinengrube.

Mitra

Es wurde beobachtet, daß eine unbekannte männliche Person jüngeren Alters die Vorlesung der Professorin Schober besuchte. In der Bibliothek des Romanischen Instituts lieh diese Person das Buch «Skizzen zur Literaturtheorie» von Rita Schober aus. Der Name auf dem Ausleihschein lautete: Rolf Brennecke.
Eine Person dieses Namens war an der Humboldt-Universität nicht immatrikuliert. Laut Bericht eines Inoffiziellen Mitarbeiters ergaben Gespräche mit Studenten, daß diese Person aus Westberlin einreiste.
Jedesmal nach der Vorlesung von Professorin Schober traf Brennecke eine weibliche Person gleichen Alters, Es handelte sich um die Germanistik-Studentin Ingrid Bischof.
Brennecke und Bischof verließen gemeinsam das Institutsgebäude und gingen die Clara-Zetkin-Straße bis zur Friedrichstraße entlang. Sie besuchten stets die Buchhandlung an der Ecke des Bahnhofs Friedrichstraße. Nach Auskunft des Buchhändlers kaufte Brennecke zuletzt die Bücher «Johann Gottfried Herder» von V. M. Schirmunski und «Heine. Ein Lesebuch für unsere Zeit» von Walther Victor. Offensichtlich bezahlte Brennecke mit dem Geld aus dem Pflichtumtausch beim Betreten der Hauptstadt. Von der Buchhandlung gingen beide regelmäßig zum Zentrum der Tschechoslowakischen Kultur an der Fried-

richstraße. Im Zentrum suchten sie das Schallplatten-Geschäft der Firma Supraphon auf. Laut Angabe der Kassiererin kaufte Brennecke zuletzt die Stereo-Schallplatte «Johann Křtitel Vaňhal / Nepomuk Hummel: BASSOON CONCERTOS».

Der Brennecke und die Bischof überquerten sodann die Weidendammer Brücke, bogen in den Schiffbauerdamm ein und gingen bis zur Albrechtstraße. Im Haus der Albrechtstraße Nr. 7 hatte die Bischof ein möbliertes Zimmer gemietet. Die Vermieterin A. Gröner wurde als mütterliche Frau mittleren Alters beschrieben. Gegen anfängliche Weigerung der A. Gröner, über die Bischof Auskunft zu geben, sagte sie schließlich, daß die Bischof und ihr Cousin Brennecke ein Paar sind.

Laut Bericht eines Inoffiziellen Mitarbeiters ist Brennecke Assistent im Institut für Romanische Philologie der FU in Westberlin.

Es wurde vorgesehen, Kontakt zu der Bischof aufzunehmen. Ziel sollte sein, durch sie den Brennecke als Inoffiziellen Mitarbeiter zu gewinnen.

Von der Vermieterin A. Gröner war inzwischen zu erfahren gewesen, die Bischof habe ihr anvertraut, daß sie schwanger ist.

Zwei hauptamtliche Mitarbeiter paßten die Bischof am Hauseingang Albrechtstraße Nr. 7 ab, wiesen sich ordnungsgemäß aus und luden sie zu einem Essen im Restaurant «Ganymed» ein. Sie folgte der Einladung, aber verweigerte eine Zusammenarbeit.

Die Bischof nahm eine zweite Einladung ins «Ganymed» an, verweigerte sich aber auch diesmal. Es wurde der Bischof gedroht, falls sie Republikflucht begeht, wird der

CIA die Nachricht zugespielt, daß sie unsere Mitarbeiterin war.

Die Bischof beging Republikflucht.
Der Bericht des Inoffiziellen Mitarbeiters an der FU/Westberlin besagt:
Kurz nach der Republikflucht heirateten Brennecke und Bischof in Berlin-Dahlem. Die Bischof setzte ihr Germanistik-Studium an der FU fort.
Vor der Geburt ihres Kindes verstarb die Bischof an Herzversagen.

Abschlußbericht über den operativen Vorgang «Mitra».
gez. Hauptmann Pönig/Hauptverwaltung XX

Feldpost

Stefan Brückner, der Sohn des Kohlegroßhändlers Max Brückner, arbeitete im Geschäft seines Vaters als Buchhalter. Stefan war ein stiller, fast schüchterner Mann.
Sein Vater, herrisch, laut, lebte von seiner Frau Else getrennt. Sie wohnte noch im Hause und führte den Haushalt.
Stefan mochte die Hausangestellte Gitti, die Stefans Neigung keck bespöttelte.

Es stand Stefans Einberufung zur Wehrmacht bevor, und Max Brückner sagte zu Gitti und Stefan:
«Ihr solltet heiraten, damit die Soldatenfrau versorgt ist.»
Er sagte nicht: Die Soldatenwitwe.
Stefan, der wußte, daß Gitti auf seinen Vater hörte, war glücklich.
Gitti willigte ein, und die beiden heirateten.
Max Brückner sagte:
«Gitti bleibt natürlich im Hause. Sie ist unsere Schwiegertochter.»

Mutter Else schrieb einen Monat später einen Feldpostbrief an Stefan.
«Gitti ist seit einer Woche schwanger. Von Deinem

Vater. Du kriegst einen Halbbruder. Oder eine Halbschwester.«

Stefan, an der Ostfront, meldete sich zu einem nächtlichen Spähtrupp.

Er kam nicht zurück.

Geständnis II

Moskau 1938.
Nikolai Nikolajewitsch Krestinski, geboren am 25. Oktober 1883 in Mogiljow, ein erbitterter Gegner des Zarismus, trat als Zwanzigjähriger, 1903, in die Sozialdemokratische Arbeiterpartei Rußlands (SDAPR) ein, die 1898 gegründet worden war.
Lenin, seit Juli 1900 im Exil, wurde 1903 zum Mitglied des Zentralkomitees der SDAPR berufen.
Trotzki, seit 1902 im Exil, wohnte derzeit zusammen mit Lenin in London. Er übernahm die Leitung der sozialdemokratischen Zeitung «Iskra» («Der Funke»).
Stalin, Propagandist der SDAPR und Organisator von Streiks in der georgischen Stadt Batumi, wurde als Fünfundzwanzigjähriger im Juli 1903 nach Sibirien verbannt.

1917 wählte der VI. Parteitag der SDAPR – die später Kommunistische Partei der Sowjetunion hieß – Nikolai Nikolajewitsch Krestinski in das Zentralkomitee der Partei. Er war zu dieser Zeit ein wichtiger Vertrauter Lenins.
Vom Oktober 1917 bis Februar 1919 – während der Machtergreifung der Kommunisten in Rußland – arbeitete Krestinski als Sekretär des Zentralkomitees und des Organisationsbüros der Partei. Schließlich wählte der

VIII. Parteitag Krestinski am 18. Februar 1919 ins Politbüro der Partei, dem nur fünf Mitglieder angehörten: Lenin, Kamenew, Trotzki, Stalin – und Krestinski. Von 1920 bis 1921 war er der verantwortliche Sekretär des Zentralkomitees.
Nach Tätigkeiten als Justizminister und als Finanzminister war Krestinski von 1922 bis 1930 sowjetischer Botschafter in Deutschland mit Sitz in Berlin.
Ursprünglich ein Anhänger Trotzkis und seiner Theorie der permanenten Revolution, distanzierte er sich 1928 von der innerparteilichen Opposition.

1923, auf dem Höhepunkt der Inflation, angesichts von Streiks und Hungerdemonstrationen, hielt die Sowjetführung die Zeit einer kommunistischen Revolution in Deutschland für gekommen.
Zuständig für die Finanzierung der ‹deutschen Revolution› unter der Führung der KPD war der sowjetrussische Botschafter in Berlin, Krestinski. Die Gelder aus den in Berlin deponierten Fonds der russischen Staatsbank nahm für die KPD der spätere Präsident der DDR, Wilhelm Pieck, entgegen.
Nach seiner Rückkehr in die Sowjetunion wurde Krestinski am 21. Juli 1930 zum Stellvertretenden Volkskommissar für Auswärtige Angelegenheiten ernannt.

In den Jahren 1936 bis 1938 vernichtete Stalin, um seine Alleinherrschaft zu sichern, in vier Prozessen die Elite der alten Kommunisten, die noch zu Lenins Garde gezählt hatten.
Wenn Stalin die Verhaftung eines bekannten Mannes der Führungsspitze plante, dann versetzte er ihn zu-

nächst auf einen weniger auffälligen Posten. Nach gewisser Zeit wurde er verhaftet.

Am 29. März 1937 wurde Krestinski von seinem Posten als Vize-Außenminister abberufen und zum Vize-Justizminister ernannt.
1937 wurde er aus der Kommunistischen Partei ausgeschlossen.
Krestinski war sein ganzes politisches Leben lang ein zuverlässiges Parteimitglied gewesen.

Im März 1938 fand der Prozeß gegen Bucharin, Rykow, Rakowski, Krestinski und andere Funktionäre statt.
Die Anklage lautete, sie seien Spione ausländischer Geheimdienste gewesen und hätten beabsichtigt, Stalin zu ermorden und in Rußland den Kapitalismus wiederherzustellen.

Der Arrangeur der Prozesse war Andrej Januarjewitsch Wyschinski, der 1940 Stellvertretender Volkskommissar für Auswärtige Angelegenheiten, 1949 Außenminister und 1953 Sowjetischer Botschafter bei den Vereinten Nationen wurde.
Wyschinski erging sich in Beschimpfungen, die dem Präsidenten des nazistischen Volksgerichtshofes, Roland Freisler, zum Vorbild dienten.
Freisler war ein Bewunderer sowjetischer Terrormethoden.
Wyschinski sagte über die Angeklagten:
«Das ist eine Horde von Henkern und Mördern.
Krestinski ist nach eigenem Geständnis seit 1921 ein deutscher Spion. Das ist eine schamlose und prinzipi-

enlose Bande, die im Auftrage ausländischer Staaten handelte. Der alte Trotzkist Krestinski begann seine Verräterkarriere noch zu Lebzeiten von Wladimir Iljitsch Lenin. Krestinski erhielt jährlich 250 000.- Goldmark von der deutschen Reichswehr für die illegale trotzkistische Arbeit. Diese Hochverräter wollten ihren kapitalistischen Herren zuliebe die befreiten Völker unserer brüderlichen Unionsrepubliken wieder unter das kapitalistische Joch bringen.»
Am Ende seiner Anklagerede wandte Wyschinski sich an die Richter:
«Die Verräter und Spione müssen wie räudige Hunde erschossen werden. Unser Volk fordert: Zertretet das verfluchte Otterngezücht!»

Einer der Angeklagten wollte das Spiel der lügnerischen Anklagen und der zerstörerischen Selbstbezichtigungen nicht mitspielen.
Dieser eine war Krestinski.
Als der Gerichtsvorsitzende die 21 Angeklagten der Reihe nach fragte, ob sie sich schuldig bekennen, da durchbrach eine Antwort das zwanzigfache «Ja, ich bekenne mich schuldig».
Krestinski sagte den unerhörten Satz:
«Nein, ich bekenne mich nicht schuldig. Ich bin kein Trotzkist. Ich habe kein einziges dieser Verbrechen begangen, die mir zur Last gelegt werden.»
Dreimal fragte der Gerichtsvorsitzende nach, ob er richtig gehört habe.
Krestinski blieb dabei:
«Ich habe kein einziges dieser Verbrechen begangen.»
Er war noch kühn genug, das in der Voruntersuchung

unter der Folter abgelegte falsche Geständnis zu widerrufen.

Nach Schluß der Verhandlung wurde Krestinski abgeholt und die ganze Nacht gefoltert.
Man drohte ihm, seine Frau Vera Moissejewna und seine fünfzehnjährige Tochter zu foltern und hinzurichten.
Er wurde mit Injektionen traktiert.
Man setzte ihn dem Licht stärkster Lampen aus, das rasende Kopfschmerzen verursachte.
Man renkte ihm das linke Schultergelenk aus. Und er wurde geschlagen.
Äußerlich konnte man nichts erkennen.
Es existierte eine Geheimdienst-«Anweisung bezüglich der anzuwendenden Untersuchungsmethoden».
Diese Methoden waren sehr einfach:
«Schlagen, schlagen und nochmals schlagen.»

Am nächsten Verhandlungstag bekannte Krestinski sich schuldig.
Das Militärkollegium des Obersten Gerichtshofes der Sowjetunion verurteilte Krestinski zum Tode.
Das Urteil wurde am 15. März 1938 vollstreckt.

Ohne Pferd

Lord Kutscherston hatte durch Mißwirtschaft seinen Besitz verloren.
Ihm war eine einspännige, zweirädrige Kutsche geblieben, allerdings ohne Pferd.
Lord Kutscherston trat aus seiner Unterkunft. Er setzte sich in die Kutsche, und die Kutsche kippte nach hinten.
Er stieg aus und richtete die Kutsche wieder auf.
Er setzte sich in die Kutsche, und die Kutsche kippte nach hinten.
Er stieg aus und richtete die Kutsche wieder auf.
Er setzte sich in die Kutsche, und die Kutsche kippte nach hinten.
Er stieg aus und richtete die Kutsche wieder auf.
Lord Kutscherston tat dies mit einem Eifer, der einer besseren Sache würdig gewesen wäre.

Karl Ditters

Karl Ditters, geboren am 2. November 1739 in Wien, zeigte frühzeitig eine Neigung zur Musik. Sein Vater, ein Oberleutnant der Artillerie, ließ Karl als Siebenjährigen auf der Violine unterrichten.

Mit neun Jahren durfte er in der Kirche beim Benediktinerchor spielen; gewöhnlich wurden ihm die Soli anvertraut.

Karl erweckte die Aufmerksamkeit des Kaiserlichen Feldmarschalls und General-Feldzeugmeisters Prinz Joseph Friedrich von Sachsen-Hildburghausen.

Der Prinz nahm den elfjährigen Jungen mit Zustimmung des Vaters in seine Hauskapelle auf, und Karl lebte fortan im Wiener Haus seines Gönners.

Hier unterrichteten ihn der Kaiserliche Hofkomponist Joseph Bonno und Joseph Trani, Violinist in der Wiener Hofkapelle. Bedeutenden Einfluß auf seine Bildung übte die Sängerin Vittoria Tesi-Tramontini aus, die in den Konzerten des Prinzen von Sachsen-Hildburghausen auftrat.

Karl lebte zehn Jahre im Hause des Prinzen. Er hatte sich zum Violinvirtuosen und zum Konzertkomponisten ausgebildet.

Der Prinz verbrachte die Winter gewöhnlich in Wien. Als ihm die Regentschaft des Herzogtums Sachsen-Hildburghausen angetragen wurde, kehrte er für immer nach Hildburghausen zurück. Seine Wiener Hauskapelle mußte er entlassen.

Karl Ditters sagte:
«Damit aber die Entlassenen ihr Brot nicht verlieren möchten, so wurde mit dem Grafen Durazzo, der damals die Hauptdirektion des Hoftheaters hatte, verabredet, daß dieser uns übernahm und mit uns einen Kontrakt auf drei Jahre schloß, kraft welchem wir sowohl beim Orchester des Theaters als auch bei der Hofkapelle um den nämlichen Gehalt, den wir beim Prinzen hatten, dienen mußten.
Niemand war hierbei übler daran als ich, denn ich mußte nicht nur beinahe täglich von zehn Uhr früh bis zwei Uhr nachmittags bei den Opern- und Ballettproben sowie des Abends bei den Spektakeln im Theater von halb sieben bis zehn Uhr, sondern auch bei den alle Freitags gehaltenen Theaterakademien akkompagnieren sowie auch alle vierzehn Tage Konzert spielen. Ebenso war ich verbunden, an Fest- und Galatagen beim Kaiserlichen Hofe selbst mich zu produzieren.»

Man kann leicht denken, daß Ditters bei diesem beschwerlichen Dienst weder Zeit hatte, Scholaren anzunehmen noch private Konzerte zu frequentieren, wodurch ihm jeder Nebenverdienst abgeschnitten war. Und da damals überdem der Luxus aufs höchste gestiegen war, so konnte er ja doch auch, wenn er als Virtuose vor dem Publikum, ja selbst vor dem Kaiserlichen Hofe auftreten mußte, sich nicht in Kleidung vernachlässigen. Seine 37 Gulden und 30 Kreuzer monatlicher Gage gingen für Frühstück, Mittag- und Abendessen drauf.

Nirgend konnte er sich in die Kost bedingen; denn wer hätte ihm, außer den Gasthäusern, um zwei, auch wohl halb drei aufgetischt? Er mußte daher für teures Geld zehren, und er hatte manchen Tag einen Gulden vertan, ohne sich satt gegessen zu haben.

Karl Ditters sagte:
«Gluck war schon seit zwei Jahren als Hof- und Theaterkapellmeister engagiert. Schon beim Prinzen von Sachsen-Hildburghausen hatte er mich in Affektion genommen. Ich suchte mich durch mein Anschmiegen an ihn darin zu erhalten, und es gelang mir, ihn so zu gewinnen, daß er mich wie einen Sohn liebte. Ich nahm also meine Zuflucht zu ihm und stellte ihm die Umstände vor, wie sie es in der Tat waren, worauf er mir versprach, sich meiner anzunehmen.»

Des anderen Tages fuhr Gluck mit Ditters zum Grafen Durazzo. Gluck klärte ihm alles auf, und Ditters bat entweder um eine Zulage oder um seine Entlassung.
Endlich sagte der Graf:
«Liebes Kind! Es steht nicht in meiner Macht, Ihnen weder Zulage zu geben noch Sie zu entlassen. Denn ich kann nichts wider Ihren Kontrakt tun. Aber vier Tage in der Woche kann ich Sie dispensieren, mithin können Sie an diesen Tagen für sich verdienen, was Sie wollen, und auf diese Art sind Sie doch einigermaßen erleichtert.»
Ditters dankte dem Grafen in den rührendsten Ausdrükken.
Er befand sich so wohl dabei, daß er in manchem Monate mehr verdiente als seine Gage betrug. Daher ver-

wendete er seinen Nebenverdienst auf prächtige Kleidung, welches dem Grafen Durazzo so wohl gefiel, daß er Ditters' gnädiger Patron wurde und ihn öfters zu seiner Tafel einlud.

Karl Ditters sagte:
«Eines Tages erzählte mir Gluck, daß er nach Bologna verschrieben sei, um dort eine Oper zu komponieren. Er fragte mich, ob ich Lust hätte, mit ihm nach Italien zu reisen. Allerdings müßte ich die Hälfte meiner Reisekosten tragen und auch meine Diäten aus eigenen Mitteln bestreiten. Die Erlaubnis wolle er mir schon beim Grafen Durazzo erwirken.
‹Unendlich gern!› antwortete ich, ‹aber es fehlt mir dazu an Geld.›
‹Tja›, sagte Gluck, ‹dann kann freilich nichts daraus werden.›»

An eben dem Abend soupierte Ditters bei Herrn von Preiß und erzählte ihm die Proposition, die Gluck ihm gemacht hatte.
«Schlagen Sie ein und nehmen Sie Gluck beim Worte!» sagte Herr von Preiß.
«Ja», erwiderte Ditters, «wo aber Geld hernehmen. Ich soll die Hälfte der Kosten tragen.»
Herr von Preiß sagte:
«Pah! Dazu will ich schon Rat schaffen. Ich strecke Ihnen hundert Dukaten vor, die Sie mir aber nicht wiedergeben sollen, als bis Sie in bessere Umstände kommen. Speisen Sie morgen bei mir. Ich werde Herrn von Allstern einladen und ihn bei einem guten Glase Grinzinger dahin zu bringen suchen, daß er Ihnen ebenfalls

so viel vorschießt. Überdem gebe ich Ihnen auf den Notfall einen offenen Wechsel auf sechshundert Gulden mit. Mithin haben Sie gegen eintausendfünfhundert Gulden. Damit können Sie schon gut fertig werden.»
Ditters dankte Herrn von Preiß unter Freudentränen.

Anderen Tags eilte Ditters zum Mittagsmahle bei Herrn von Preiß, wo ihm Herr von Allstern 100 Dukaten vorschoß.
Am Tag darauf ging er zu Gluck. Sie fuhren zum Grafen Durazzo. Der erteilte Ditters die Erlaubnis zur Reise, schenkte ihm 50 Dukaten und versprach ihm einen Vorschuß aus der Theaterkasse.
Bald darauf lud Graf Durazzo Ditters und Gluck zu Tische. Er überreichte Ditters eine Anweisung über 225 Gulden aus der Theaterkasse und fügte hinzu, damit mache ihm die Kaiserin ein Geschenk, und seine Gage werde während seiner Abwesenheit immer fortlaufen.

Karl Ditters sagte:
«Einer Signora Marini wegen verzögerte sich unsere Abreise. Signora Marini war zwei Jahre als *prima donna* in Prag gewesen und wollte nun mit ihrer Mutter nach Venedig zurück. Gluck verschob ihretwillen die Abreise um fünf Tage, jedoch mit dem Beding, daß sie sich gefallen lassen müßte, Tag und Nacht zu reisen. Sie war dazu bereit, und wir fuhren in zween Wagen mit Postpferden von Wien ab.
Chiara Marini war ein sehr schönes Mädchen von ungefähr vierundzwanzig Jahren, munter, launig, unterhaltsam. Beim ersten Mittagsmahl in Neustadt bat sie sich

aus, daß wir bei jeder Station bis Venedig wechseln und bald Gluck, bald ich in ihrem Wagen fahren möchten.
Ihre Mutter fuhr beständig in unserem Wagen.
Gluck war galant und suchte sich angenehm zu machen. Sobald ich ihm aber den Platz in Marinis Wagen abgenommen hatte, verdarb ich ihm alles wieder, und diese kleine Eifersucht machte uns die Reise um so pikanter.
Glucks Vorsatz, Tag und Nacht zu reisen, ward früh unterminiert. Wir fanden es doch gemütlicher, in Grätz, Laibach und Görz ein bequemes Nachtlager zu haben.
Am siebenten Abend unserer Reise kamen wir in Mestre an. Wir hatten zwar vor, daselbst zu übernachten und am anderen Morgen in einem Boot nach Venedig zu fahren. Aber die Marini schaffte es, uns noch am Abend zur Überfahrt zu bewegen, und so kamen wir vor Mitternacht in Venedig an.
Es war die Nacht zwischen Palmsonntag und dem Montag der Karwoche.»

Gluck beschloß, acht Tage in Venedig zu bleiben. Ditters und Gluck bedauerten, daß ihr Aufenthalt gerade in die Karwoche fiel, in welcher alle Theater geschlossen blieben und sie außer einem Oratorium nichts von Musik hörten.
Ditters hatte schon in Wien gehört, daß es in Venedig ein ausgezeichnetes Frauenorchester gebe, das sowohl in Absicht der Singstimmen als auch der Exekution alle italienischen Orchester übertreffe. Als er es endlich hören konnte, fand er sich betrogen.

Karl Ditters sagte:
«Die Komposition des Oratoriums war mittelmäßig. Die

Violinen waren durch das ganze Stück verstimmt. Wenn eine Arie aus dem *B fa* oder dem *E la fa* kam, griffen die Violinstimmen um einen Achtel- oder Viertelton zu hoch. Mit den Tempos ging es auch nicht richtig; bald schwankten sie, bald schleppten, bald eilten sie. Außer zwei Singstimmen hörte ich nichts, was nur der mindesten Aufmerksamkeit wert gewesen wäre.»

Zwei Feierlichkeiten erregten Ditters' ganze Bewunderung: des Abends am Grünen Donnerstage, wo der Heiland in Prozession zu Grabe getragen wurde, und zwotens die Beisetzung des Dogen, der zwei Tage zuvor verstorben war. Der Markusplatz war mit armdicken, klafterlangen Fackeln vor jedem Palastfenster illuminiert.

Karl Ditters sagte:
«In der Nacht vor dem ersten Osterfeiertag reisten wir nach Bologna. Der Direktor des neu errichteten Opernhauses, Graf Bevilaqua, hatte zur Einweihung *Il trionfo di Clelia* von Gluck, nach dem Libretto von Pietro Metastasio, angeordnet.
Die Solisten waren der Kastrat Manzuoli, Signora Girelli-Aguilar, der Kastrat Toschi, Giuseppe Tibaldi und ein junges Mädchen von siebzehn Jahren, deren Name mir entfallen ist. Zur Direktion der ersten Violine war Luchini aus Mailand, zur zweiten Spagnoletti aus Cremona verschrieben. Das Orchester bestand aus siebzig Personen. Zum zweiten Flügel war der Kapellmeister Mazzoni bestimmt.
Gluck stellte mich dem Grafen Bevilaqua als seinen Schüler vor. Wir hatten verabredet, daß ich mich nir-

gends eher als Konzertspieler angeben sollte, bis wir nicht die vornehmsten Violinisten gehört hatten.»

Gluck bezeigte Bevilaqua sein Verlangen, die Sänger der Oper zu hören. Der besorgte ein Konzert der dreißig besten Subjekte seines Hauses für den folgenden Nachmittag, wo außer Bevilaqua, Gluck und Ditters kein Zuhörer zugegen war.
Auch hörte Ditters Luchini und Spagnoletti jeden ein Violinkonzert spielen.
«Nun», sagte Gluck leise zu ihm, «vor diesen zween Hexenmeistern brauchen Sie sich eben nicht zu fürchten.»
Ditters dachte das auch, aber erwiderte:
«Sie spielen beide sehr gut.»
Gluck fing zu komponieren an.
Er hatte in Wien vorgearbeitet und gab schon nach zehn Tagen den ersten Akt zum Abschreiben. Er arbeitete nur am Vormittag und am Abend. Nach dem Mittagstisch ging er mit Ditters Besuche machen, danach ins Kaffeehaus, wo sie bis zum Abend blieben.

Karl Ditters sagte:
«Eine unserer ersten Visiten machten wir dem großen Farinelli. Er war schon ein Greis von beinahe achtzig Jahren. Er lud uns einige Male zu Gast in sein Palazzo und bewirtete uns königlich.
Auch besuchten wir den weltbekannten Komponisten und Lehrer Padre Martino. Gluck reiste nie durch Bologna, ohne diesem *padre di tutti i maestri*, wie ihn alle Kapellmeister nennen, seine Ehrfurcht zu bezeigen.

Der Komponist und Kapellmeister Mazzoni hatte gehört, daß ich ein Violinspieler sei. Er ersuchte mich, bei dem großen Kirchenfest in der Chiesa di San Paolo beim Hochamt ein Konzert zu spielen. Er habe das Hochamt und die beiden Vespern neu komponiert.
Am Nachmittag vor dem großen Fest ging ich mit Gluck in diese Kirche, um Mazzonis erste Vesper zu hören. Zwischen den Psalmen spielte Spagnoletti ein Konzert von Tartini.
Gluck sagte zu mir:
‹Nun können Sie auf den Beifall Ihrer Zuhörer morgen sichere Rechnung machen, da sowohl Ihre Komposition als Ihr Vortrag viel moderner ist.›
Es hatte sich schon herumgesprochen, daß am nächsten Tag ein deutscher Virtuos sich auf der Violine hören lassen würde. Als wir aus der Kirche gingen, hörten wir einen Herrn zu seinem Begleiter sagen:
‹Ich fürchte, er wird sich auslachen lassen, nachdem wir Spagnoletti gehört haben.›
Tags darauf spielte ich meine Komposition. Gluck, Graf Bevilaqua und Signor Manzuoli gratulierten mir zu dem Beifall, den ich vom Publikum eingeerntet hätte.
Später erzählte mir Gluck, er habe sich an den gestrigen Kritiker herangedrängt, und der habe ausgerufen:
‹Per Dio! Der junge Mann spielt wie ein Engel!›
Dessen Begleiter habe hinzugesetzt:
‹Wie ist es nur möglich, daß eine deutsche Schildkröte zu solcher Vollkommenheit gelangen kann?›
Der Prior des Klosters bat mich, am Nachmittag bei der Vesper noch ein Konzert zu spielen.
Nach der Vesper gab es im Kloster ein wahrhaft sardanapalisches Souper. Gluck, Mazzoni und die beiden Kas-

traten Potenza und Nicolini waren zugegen. Alles, was Italien Leckerhaftes hervorbrachte, ward zum besten gegeben. Wir schwelgten bis Mitternacht.

Auf dem Heimweg kamen wir in eine Straße, in welcher ein blinder Bettler auf der Erde saß. Der Kastrat Nicolini stolperte über die Füße des Bettlers und wäre beinahe gefallen. Wütend schrie er mit seiner Kastratenstimme:

‹Eh! Du verfluchter blinder Hund!›

Der Bettler, der ihn für eine Weibsperson hielt, schrie ihm nach:

‹Du Straßenhure! Warum beschimpfst du einen armen blinden Bettler?›

Nicolini besann sich, griff in die Tasche, drückte dem Bettler zwei Lire in die Hand und sagte:

‹Nun, Alter, da du erraten hast, wer ich bin, so nimm.›

Der Blinde schloß die Hände bittend ineinander und sagte:

‹Gott vergelte es und erweise Euch die Gnade, daß Ihr Euch gleich der heiligen Magdalena bekehrt, Euer schändliches Leben verlaßt und Buße tut!›

Von Stund an nannte man den Nicolini in Bologna *la Santa Maddalena*.»

Am anderen Morgen meldete Ditters' Wirt, es sei eine Deputation von San Paolo gekommen, um Ditters ein Präsent zu überreichen.

Der Deputierte hielt eine viertelstündige Rede, die nichts weiter enthielt als Danksagungen. Man bitte Ditters in Betracht ihrer großen Armut, von der er allerdings bei dem Souper nichts wahrgenommen hatte, mit einem kleinen Geschenk vorlieb zu nehmen. Es bestand aus zwanzig Pfund kandierten Früchten, sechs Paar weißseidenen und sechs Paar schwarzseidenen Neapolitaner Strümpfen, sechs seidenen Mailänder Schnupftüchern und etlichen kleinen Reliquien, welche alle in Silber gefaßt waren.

An eben demselben Nachmittage kam der ehrwürdige Padre Martino zu Gluck und Ditters. Er ersuchte Ditters, bei der bevorstehenden Feierlichkeit in seiner Kirche ein Konzert zu spielen. Er hoffe, daß Ditters mit der gewöhnlichen Taxe zufrieden sein würde.

Ditters antwortete, er würde nur unter der Bedingung spielen, keine Bezahlung anzunehmen. Die Ehre, von dem *Vater der Musik* würdig geachtet zu sein, schätze er weit höher als alles Geld.

Padre Martino dankte Ditters für dessen schöne Denkungsart, wie er es nannte.

Bald sprach sich in Bologna herum, daß Ditters vom Padre Martino zu dem ersten Festtag der Feierlichkeiten *per la visitù della Madonna di San Luca* geladen sei.

Der Tag kam heran. Ditters und Gluck gingen zur Vesper in die Kirche.

Karl Ditters sagte:
«Die Komposition war vom Padre Martino. Ach! Welch ein Abstich war zwischen dieser Musik und der von Mazzoni! So einen majestätischen, erhabenen und rührenden Kirchenstil habe ich noch nie gehört.»

Am folgenden Tag gingen Gluck und Ditters zu diesem verehrungswürdigen Greis, der sie auf eine Chokolade geladen hatte.

Karl Ditters sagte:

«Wir äußerten unser Erstaunen über das herrliche Werk, die Vesper.

‹Vermutlich›, sagte Padre Martino, ‹werden die gestrige Vesper und das heutige Hochamt mein Schwanengesang sein, denn ich fühle die merkliche Abnahme meiner Leibes- und Seelenkräfte.›

Bei dem Graduale spielte ich mein Konzert mit aller möglichen Anstrengung, und es glückte mir vollkommen, weil ich mich acht Tage darauf präpariert hatte.

Wir gingen nach Hause und setzten uns zu Tische. Nach der Mahlzeit brachte uns der Wirt ein ziemliches Paket und sagte:

‹Padre Martino schickt Ihnen beiden einige Pfund Chokolade.›

Auf dem Paket war mit seiner eigenen zitternden Hand geschrieben: 12 libre per il mio caro amico, il Cavagliere Gluck, e 12 libre per il mio caro figliulo, il Signor Carlo Ditters.»

Den nächsten Morgen trat der Wirt in Ditters' Zimmer und sagte, unten sei ein Kerl, der Ditters zu sprechen wünsche, aber er sei so zerlumpt und sehe so verdächtig aus, daß er Bedenken getragen habe, ihn vorzulassen. Der Kerl verlange durchaus, Ditters zu sprechen.

«Ich rate Ihnen nicht», sagte der Wirt, «daß Sie allein bleiben. Ich will meine zwei handfesten Hausknechte mit heraufnehmen. Unterdessen riegeln Sie gleich hinter mir die Tür ab und machen nicht eher auf, bis Sie meine Stimme hören.»

Der Wirt ging, Ditters bat Gluck, in sein Zimmer zu kommen, und schloß ab.

Zu mehrerer Sicherheit nahm Ditters seine beiden Pistolen heraus. Eine hielt er unter seinem Schlafrock versteckt, die andere verbarg Gluck unter seinem Kleide.
Nach einer Weile klopfte es, und sie hörten den Wirt fragen:
«E permesso?»
Ditters schob den Riegel auf und trat mit Gluck hinter den Tisch.
Der Wirt erschien mit den beiden Hausknechten, die an der Tür stehenblieben. Er trat ins Zimmer, und hinter ihm der zerlumpte Kerl. Der fragte Ditters, ob er der junge deutsche Virtuose wäre, der gestern bei dem Minoriten gespielt hätte.
«Ja!» antwortete Ditters; «e poi?» und zog die Pistole unter seinem Schlafrock hervor.
Der Kerl sah sich nach den beiden Hausknechten um und sagte lächelnd:
«Die Vorsicht hätten Sie nun eben nicht nötig. Ob ich gleich schlecht angezogen bin, so bin ich doch ein galant' uomo.»
«Sagt, was Ihr wollt», sagte der Wirt.
Ohne zu antworten, griff der Kerl in die Tasche, zog ein Bild und ein Schächtelchen hervor und legte beides auf den Tisch.
«Was soll das?» fragte Ditters.

«Ich weiß nicht; belieben Sie nur, das Billet zu lesen.»
Ditters las:
«Nehmen Sie das Schächtelchen als einen Beweis des Vergnügens, das mir Ihr gestriges Konzert bereitet hat, und unterschreiben Sie beiliegenden Empfangsschein.»

Karl Ditters sagte:
«Ich ließ das Schächtelchen von dem Überbringer öffnen, und es lag eine schöne goldene Uhr darin. Ich unterschrieb den Schein. Der Kerl wollte mir nicht sagen, von wem das Geschenk käme.
‹Ich habe mein Wort gegeben, es nicht zu verraten.›»

Am nächsten Tag waren Gluck und Ditters bei Farinelli zu Mittag gebeten. Sie trafen eine ansehnliche Gesellschaft an.
Ditters glaubte, bei Farinellis Kammerdiener die Gesichtszüge des gestrigen Kerls zu erkennen. Er richtete nach dem Essen einige belanglose Fragen an ihn, und der Ton der Stimme war der nämliche.

Karl Ditters sagte:
«Jetzt wußte ich, woran ich war. Alles Ableugnen von seiten Farinellis half nichts, er mußte es eingestehen. Aber mit vieler Feinheit wußte er mich alles Dankes zu überheben.»

Endlich kam es zur Aufführung der Gluckischen Oper. Sie gefiel ungemein, ungeachtet sie lange nicht nach der Idee des Komponisten aufgeführt wurde. Siebzehn große Proben waren gehalten worden, und demungeachtet fehlte bei der Produktion das Ensemble und die Präzision, die Gluck und Ditters bei dem Wiener Orchester von jeher zu hören gewohnt waren.

Nach der dritten *recita* wollten sie nach Venedig zurückkehren, um die neuen Opern daselbst zu hören und dann nach Mailand, Florenz und anderen großen Städ-

ten Italiens zu reisen. Jedoch sie erhielten Briefe vom Grafen Durazzo, der sie nach Wien zurückberief, weil gegen Herbstanfang die Königskrönung des nachherigen Kaisers Joseph II. zu Frankfurt am Main vor sich gehen sollte.
Gluck und Ditters machten noch einen Abstecher nach Parma und gingen über Mantua, Klagenfurt, Trient nach Wien zurück.

Karl Ditters sagte:
«Kaum waren wir angekommen, so ward die Krönung auf künftiges Jahr verschoben, und ich hatte die Reue, Italien unnötigerweise so früh verlassen zu haben.»

Mit Erde

Hans Wadel aus Mögeldorf, Sohn eines Steinbrechers, fünfzehn Jahre alt, ein großer grober Klotz, an Händen und Füßen gefesselt, auf der Anklagebank.
Der Richter in roter Robe.
Der Verhörer:
Der Angeklagte habe in einem kleinen Forst bei Ottensoos vier Mädchen angetroffen, welche Brennholz klaubten.
«Das größte Mädchen, eine Elfjährige, warf er zu Boden, um seinen Willen zu verbringen. Als das Mädchen schrie: ‹Nein, ich bin zu jung!›, sagte er: ‹Geh her! Du hast schon eine schön saftige Fotz.› Er hielt ihr den Mund zu, zog sein Messer und sagte, wenn sie nicht ihr Maul halte, wolle er sie abstechen. Er hat ihren Mund mit Erde vollgestopft und hat sich in ihr verlustiert. Sie mußte ihm schwören, niemandem etwas zu sagen, sonst sei sie des Teufels.»
Die drei anderen Mädchen hätten aber alles gesehen und es dem Verhörer gesagt.
Der Richter in roter Robe:
Hans Wadel wegen Kindsschändung verurteilt zum Auspeitschen.
Am 4. Juni 1599 peitschte Meister Franz ihn aus.

Ich sage nichts mehr

Sie sagte:
«1933 bin ich nach Rußland gegangen.»
Wahrscheinlich sagte sie: «In die Sowjetunion.»
Ich glaube sogar, sie sagte: «In die Union.»
Sie sagte:
«Ich bin mit meinem Mann gegangen.»
Sie wird 1933 ungefähr 23 Jahre alt gewesen sein.
Sie sagte:
«Mein Mann war aus der Union nach Deutschland gekommen. Er war Sowjetbürger. Kein Russe, sondern Lette.»
Sie sagte nicht, was ihr Mann in Deutschland zu tun gehabt hatte.
Sie sagte:
«Ich war in der Kommunistischen Partei. Die Partei wollte, daß ich einen Sowjetbürger heirate, der in Deutschland etwas zu tun hatte. Wir haben nur pro forma geheiratet. Er sollte durch die Heirat mit einer Deutschen legalisiert werden.»
Der Mann muß etwa zehn Jahre älter als sie gewesen sein, denn sie sagte:
«Er hatte früher zur Leibwache von Lenin gehört.»
Sie sagte:
«Wir waren Genossen, aber zuguterletzt haben wir uns geliebt. Deshalb bin ich mitgegangen. Die ersten Jahre

in der Union waren schön. Wir hatten zwei Kinder, eine Tochter und einen Sohn.»
Sie sagte nicht, wo die Familie in der Sowjetunion gelebt hat. Oder ich habe es vergessen.
Sie sagte:
«Lange hat unser Leben nicht gedauert. Mein Mann wurde verhaftet.»
Vielleicht sagte sie: «1938.»
Oder sie sagte: «1939.»
Sie sagte:
«Ich wurde auch verhaftet. Ich weiß nicht, warum wir verhaftet wurden.»
Sie sagte:
«Die Kinder wurden mir weggenommen. Man hat mir nicht gesagt, was mit ihnen geschieht.»
Sie sagte:
«Ich wurde oft verhört. Ich wurde geschlagen. Ich sollte über die Verbrechen meines Mannes aussagen. Ich wußte nichts von Verbrechen meines Mannes.
Der Vernehmungsoffizier hat gesagt: ‹Ich werde es dir sagen. Du bestätigst das durch deine Unterschrift. Das ist deine einzige Chance. Wir lassen dich frei, und du bekommst deine Kinder zurück›.»
Sie sagte:
«Ich habe den ganzen Mist unterschrieben. Aber man hat mich nicht freigelassen, und meine Kinder habe ich nicht zurückgekriegt.»
Sie sagte:
«Man hat mir aber gesagt, daß mein Mann bestraft wird.»
Sie sagte:
«Ich wurde in ein Lager geschafft.»

Ich glaube, sie sagte:
«Ich war vierzehn Jahre im Lager.»
Oder sie sagte: «Ich war fünfzehn Jahre im Lager.»
Sie sagte:
«Ich habe viel gearbeitet. Ich kann Bäume fällen. Im Winter ist das gefährlich. Ich kann Baumstämme zersägen. Ich kann in Frostböden Grablöcher hacken. Ich kann Entwässerungsgräben ausheben. Da stehst du den ganzen Tag im Wasser. Ich kann Latrinengruben ausleeren. Im Winter, wenn die Scheiße gefroren ist, geht das schwer, aber es stinkt nicht so wie im Sommer.»
Sie sagte:
«Ich kann Pferdewagen lenken und Pferdeschlitten. Ich bin beinahe gestorben, aber der Lagerkommandant hat mich gerettet. Er hat mich aus der Latrine geholt und hat gesagt: ‹Du gefällst mir. Du kannst mein Weib werden.›
Ich mußte seine Pferde versorgen und kriegte besseres Essen.»
Sie sagte:
«Ich habe gedacht: ‹Irgendwann finde ich meinen Mann wieder und meine Kinder.›»
Sie sagte:
«Irgendwann habe ich im Lager gehört: ‹Stalin ist tot.›
Ich wußte nicht mehr, was ‹weinen› ist. An dem Tag habe ich vor Freude geweint. Aber im Lager hat sich nichts geändert. Der Kommandant und die Wachsoldaten waren traurig.»
Sie sagte:
«Ich war noch lange im Lager. Aber zuletzt habe ich meine Rehabilitierung gekriegt. Schriftlich.»
Sie sagte:

«In Moskau habe ich gefragt, wo mein Mann ist. Sie haben mir gesagt, er habe seine Rehabilitierung gekriegt, aber er ist tot. Seit 1938.»
Oder sie sagte: «Seit 1939.»
Sie sagte:
«Erschossen. Einen Tag nach der Verhaftung.»
Sie sagte:
«Ich habe gefragt, wo meine Kinder sind. Sie haben es mir gesagt. Meine Tochter wollte mich nicht mehr. Sie war mit einem Sibirier verheiratet und hatte zwei Kinder. Meinen Sohn habe ich zu mir genommen.»
Sie sagte:
«Ich habe gesagt: ‹Ich will mit meinem Sohn nach Deutschland.›
‹Nach Deutschland?›, haben sie gesagt. ‹Du kannst in die DDR.›
Ich habe gesagt: ‹Ich will mit meinem Sohn in die DDR.›
‹Natürlich›, haben sie gesagt. ‹Aber das geht nicht so schnell.›
Da habe ich gewartet, bis es ging.»
Sie sagte:
«Jetzt bin ich wieder in Deutschland. In der DDR. Mein Sohn ist auch hier. Er lernt deutsch. ‹Deutsch als Fremdsprache› nennen sie es.
Sie sagte:
«Hier habe ich alte Genossen getroffen. Manche sind hohe Tiere. Sie haben gesagt:
‹Genossin, du verstehst. Es war für uns alle nicht leicht.›
Sie haben gesagt:
‹Die Sowjetunion ist unser Bruder.›

Ich habe gesagt:
‹Ich verstehe.›»
Sie sagte:
«Mein Bruder ist 1933 nach England gegangen. Ich habe ihm geschrieben: ‹Mein Mann ist tot. Meine Tochter wohnt in Sibirien. Mein Sohn lernt deutsch. Mir geht es gut. Ich bin Kommunistin.»
Sie sagte:
«Mein Bruder hat mir geantwortet: ‹Dein Stalin hat dir den Verstand geraubt›.»
Sie sagte:
«Zu einem alten Genossen, der ein hohes Tier ist, habe ich gesagt:
‹Euer Stalin war eine Drecksau!›
Der alte Genosse hat gesagt:
‹Psst. Hast du noch nicht genug?›»
Sie sagte:
«Ich sage nichts mehr.»

Inhaltsangabe

Arnold Schönberg studierte bei Alexander von Zemlinsky Komposition. Zemlinsky hatte eine Schwester namens Mathilde. Sie gefiel Schönberg. Er heiratete sie.
Mathilde brachte zwei Kinder zur Welt, Gertrud und Georg.
Der Maler Richard Gerstl porträtierte 1906 Mathilde und Gertrud.
Gerstl erregte Mathilde. Sie trieben es in Schönbergs Wohnung und in Gerstls Atelier.
Schönberg war nicht nur Musiker. Er malte auch. Gerstl unterrichtete ihn.
1908 ertappte Schönberg seine Frau und Gerstl in flagranti.
Gerstl und Mathilde flohen.
Der Kinder wegen ging Mathilde zu Schönberg zurück.
Gerstl beging Selbstmord.
In der Zeitung war zu lesen:
Der 25jährige Richard G. ist gestern früh in seiner Wohnung in der Liechtensteinstraße in einer großen Blutlache, mit den Füßen den Boden berührend, erhängt und tot aufgefunden worden. Neben der Leiche lag ein großes Küchenmesser, mit dem er sich einen Stich in der linken Brustseite beibrachte. Als er ohnmächtig zusammenstürzte, zog sich die Schlinge zu und erdrosselte ihn. Das Motiv der Tat ist unbekannt.

Was hat Charlie gesagt

Charlie hat gesagt:
«Silvester. Mein Kumpel und ich ganz groß. Riesenhotel am See.
Um drei hatt ich genug von der Party. Hab ne Tussi mit aufs Zimmer genomm.
Um fünf zu meim Kumpel rüber.
‹Ich hab ne Mieze im Bett. Willste die mal sehen?›
Er:
‹Wenns sein muß.›
Ich:
‹Die kannste habm. Ich hab sie schon durchgeknattert.›
Er:
‹Nee danke.›
Ein Idiot. Läßt sich so ne Gelegenheit entgehen.»

Letzte Liebe

Edelgard, sechsundachtzigjährig, korpulent, aber gut zu Fuß, seit sechs Jahren verwitwet, dank ihres Mannes vermögend, zudem Bezieherin von Alters- und Witwenrente, sagte zu ihrer Bekannten, einer alleinstehenden Fünfzigjährigen, die ihren Lebensunterhalt als Kassiererin in einem Supermarkt verdiente:
«Ingeborg, ich habe eine große Bitte an dich.»
«Ja?»
«Komm doch mit mir nach Casablanca.»
Ingeborg sagte:
«Bist du noch richtig im Kopf? Was soll ich denn in Casablanca. Das kann ich mir gar nicht leisten.»
«Natürlich auf meine Kosten», sagte Edelgard. «Ich war zwei Wochen in Marokko. Das war die schönste Zeit meines Alters. Die Landschaft! Die Menschen! Freundlich, hilfsbereit. Und schön.
In Casablanca habe ich in einem kleinen Hotel gewohnt. Da habe ich Tarek kennengelernt, der an der Rezeption arbeitet.
Er ist fünfunddreißig. Ein Berber. Ein Bild von Mann.»
«Was soll das», sagte Ingeborg.
Edelgard sagte:
«Ich habe ihn zum Essen eingeladen. Hat ordentlich zugelangt. Hatte den ganzen Tag noch nichts in den Magen gekriegt.

Er hat meine Hand gestreichelt. ‹Zarte Haut hast du›, hat er gesagt.
Ingeborg sagte:
«Spricht er deutsch?»
«Nein, englisch.»
«Deine Falten hat er nicht gesehen?», sagte Ingeborg.
«Ich habe ihn mit auf mein Zimmer genommen», sagte Edelgard. «Die ganze Woche hat er bei mir geschlafen.»
Ingeborg sagte:
«Das ist ja widerlich. Der könnte dein Enkel sein.»
«Warum redest du alles schlecht», sagte Edelgard. «Ich liebe ihn. Wir wollen heiraten.»
«Nicht zu fassen», sagte Ingeborg. «Wozu brauchst du da mich?»
«Als deutsche Trauzeugin.»
«Heiratet doch in Berlin.»
«Das geht nicht», sagte Edelgard.
«Warum nicht?»
«Weil Tarek schon verheiratet ist. In Deutschland ist das verboten. In Marokko geht das.»
«Glaubst du.»
«Ein Moslem darf vier Frauen haben.»
Ingeborg sagte:
«Mach, was du willst. Ich spiele nicht mit. Aber ich sage dir, was ich denke. Der Kerl will dein Geld und deutsche Papiere.»
Edelgard sagte:
«Warum gönnst du mir mein Glück nicht? Tarek ist meine letzte große Liebe.»

Blut hören

Die lokale Zeitung berichtet unter der Rubrik «Land und Leute»:
Gestern ereignete sich bei der Schriftstellerlesung in der «Buchhandlung am Graben» ein ernster Zwischenfall.
Als der Autor den Mord an Johann Joachim Winckelmann im Jahre 1768 in Triest beschrieb – Winckelmann blutete aus sieben Stichwunden –, sank ein Zuhörer kreidebleich in sich zusammen.
Der Autor unterbrach die Lesung. Die Sitznachbarn richteten den Mann auf und führten ihn aus dem Raum.
Unter den Zuhörern befand sich ein Chirurg des Städtischen Krankenhauses, der den dreien folgte.
Nach der Lesung war von dem Arzt zu erfahren:
Es gehe dem Mann wieder gut. Ein Musiker. «Er kann kein Blut hören.»

Doppelt

«Scurla, Herbert, geboren neunzehnhundertfünf ...», sagt B.
«... in Kleinräschen, Niederlausitz», sagt K. «Nach dem Abitur in Senftenberg Studium der Volkswirtschaft in Berlin, bis neunzehnhundertsechsundzwanzig.»
B.: «Am ersten Mai neunzehnhundertdreiunddreißig, im Alter von achtundzwanzig Jahren, NSDAP-Mitglied. Als Hauptreferent des Deutschen Akademischen Austauschdienstes seit neunzehnhundertdreißig stieg Scurla neunzehnhundertdreiunddreißig zum Hauptschriftleiter des DAAD-Organs ‹Hochschule und Ausland› auf, das neunzehnhundertsiebenunddreißig umbenannt wurde in ‹Geist der Zeit›.
Bis neunzehnhundertdreiundvierzig agierte er als Mitherausgeber. Die Verbreitung der Nazi-Kulturpolitik im Ausland war sein oberstes Ziel.»
K.: «Neunzehnhundertfünfunddreißig avancierte er zum Regierungsrat im Reichs- und Preußischen Ministerium für Wissenschaft, Erziehung und Volksbildung.
Neunzehnhundertachtunddreißig schrieb Scurla: Das ‹völkische Prinzip, das aus der nationalsozialistischen Weltanschauung erwachsen ist, bedeutet die Anerkennung der Eigenständigkeit und der Gleichberechtigung jedes Volkes. Dieses Prinzip kennt nicht den Unterschied zwischen Großmächten und Kleinstaaten, zwischen

Mehrheitsvölkern und Minderheiten. Es bedeutet eine klare Absage an jeden Imperialismus, der sich auf die Unterjochung fremder Völker oder die Entnationalisierung fremdvölkischer Volksgruppen richtet›.
Dies ein Jahr vor dem Überfall der Hitler-Wehrmacht auf Polen und der systematischen Ermordung der polnischen Juden.
Vom deutschen Volk schrieb Scurla: ‹Wer fremdblütig in diesem Volke ist und nicht zu ihm gehört, kann nicht an einer Stelle tätig sein, die für die Erhaltung dieses Volkes von Bedeutung ist. Aus diesem Grunde war eine völlige Überwindung des Einflusses des Judentums unerläßlich›.»

B.: «Im Reichsministerium für Wissenschaft, Erziehung und Volksbildung wurde ihm bescheinigt, daß seine ‹instinktsichere nationalsozialistische Haltung› von ‹Reichsinteresse› sei, so daß er vom Kriegsdienst ‹freigestellt› wurde.»

K.: «Das kommt einem Platz auf der Goebbels-Liste der sogenannten ‹Gottbegnadeten› gleich.»

B.: «Die Freistellungs-Liste von Goebbels wurde erst im August neunzehnhundertvierundvierzig zusammengestellt. Aber Scurla war schon Jahre vorher vom Kriegsdienst befreit.»

K.: «Er stand praktisch auf der gleichen Stufe wie Gerhart Hauptmann, Arno Breker, Wilhelm Furtwängler, Hans Grimm, Johannes Heesters – und wie sie alle hießen.»

B.: «Das Naziregime verfolgte nicht nur im Deutschen Reich Juden, gläubige Christen, Liberale, Sozialdemokraten und Kommunisten, sondern auch – nach deren Emigration – in anderen Ländern. Scurla unternahm auf

Weisung des Reichserziehungsministeriums neunzehnhundertsiebenunddreißig und neunzehnhundertneununddreißig Reisen in die Türkei, um einerseits einen Überblick über die ‹Emigrantenclique› in Ankara und Istanbul zu gewinnen, und um die türkischen Behörden andererseits dahin zu bringen, die Emigranten zu entlassen und durch Wissenschaftler zu ersetzen, die dem Naziregime als ‹zuverlässig› galten.
Scurla stützte sich auf die Hilfe von Mitarbeitern des deutschen Generalkonsulats in Istanbul und der deutschen Botschaft in Ankara.»
K.: «Hatten die Bemühungen Scurlas Erfolg?»
B.: «Nein. Das Ziel des Naziregimes, Einfluß auf die türkische Hochschulpolitik zu gewinnen, ließ sich nicht durchsetzen.
Übrigens: Der prominenteste deutsche Emigrant, Ernst Reuter, war nicht nur bei Mitarbeitern und Studenten beliebt. Die türkische Regierung und die meisten türkischen Wissenschaftler-Kollegen haben zu den deutschen Emigranten gehalten.
Zu Scurlas Aufgaben im Reichserziehungsministerium gehörte auch die Überwachung aller Sendeprogramme des Reichsrundfunks auf ihre weltanschauliche Haltung.»
K.: «Ein waschechter Nazi.»
B.: «Nur bis neunzehnhundertfünfundvierzig. Nach dem Krieg schrieb er an den Germanisten Hennig Brinkmann, der seit neunzehnhundertachtunddreißig NSDAP-Mitglied war, er, Scurla, sei von jeher ‹ein Todfeind des Rassegedankens gewesen›.
Brinkmann wußte es anders, aber er schwieg.
Im Oktober neunzehnhundertfünfundvierzig ging Scurla aus der amerikanischen Zone in die sowjetische

Zone, nach Cottbus, wo seine Frau und seine zwei Söhne lebten.»

K.: «Neunzehnhundertsechsundvierzig ordnete der Alliierte Kontrollrat die ‹Einziehung von Werken nationalsozialistischen und militaristischen Charakters› an. In der sowjetisch besetzten Zone wurden daraufhin ab April neunzehnhundertsechsundvierzig ‹Listen der auszusondernden Literatur› angelegt. Und wer steht auf der Liste?»

B.: «Herbert Scurla.»

K.: «Mit seinen Schriften ‹Die Grundgedanken des Nationalsozialismus und das Ausland› von neunzehnhundertachtunddreißig und ‹Die dritte Front› von neunzehnhundertvierzig. Und doch konnte er schon ab neunzehnhundertsechsundvierzig als Lektor beim Verlag Richard Halbeck und später im ‹Verlag der Nation› arbeiten.»

B.: «Im Mai neunzehnhundertachtundvierzig gründete die SED die ‹National-Demokratische Partei Deutschlands› NDPD. Die SED wollte mit dieser Partei einfache NSDAP-Mitglieder, Wehrmachtsoffiziere und frühere Berufsbeamte einbinden. Die Gründung ging auf ein Statement Stalins vom März neunzehnhundertachtundvierzig zurück, es sei an der Zeit, die Trennlinie zwischen ehemaligen Nazis und Nicht-Nazis aufzuheben. Scurla wurde prompt NDPD-Mitglied.

Die NDPD hatte ihre eigene Zeitung, die ‹National-Zeitung›, und ihren eigenen Verlag, den ‹Verlag der Nation›.

Der ‹Verlag der Nation› wurde seit neunzehnhundertfünfzig von dem ehemaligen NSDAP-Mitglied und Hauptmann der Hitler-Wehrmacht Günter Hofé gelei-

tet. Der Verlag war auf Literatur für ehemalige Nazis, Offiziere und Soldaten spezialisiert.
Der ideale Verlag für Herbert Scurla.
Um die Größe Deutschlands ist es ihm nicht mehr zu tun. Jetzt preist er große Deutsche. Deutsche Größe muß es schon irgendwie sein.
Vorsichtshalber unter Pseudonym – Karl Leutner – gibt er neunzehnhundertfünfzig in der Reihe ‹Lebensbilder großer Deutscher› die ‹Denkwürdigkeiten des eigenen Lebens› von Karl August Varnhagen von Ense heraus. Dann folgen Biographien:
G. E. Lessing, Ernst Moritz Arndt, Alexander von Humboldt, die Brüder Grimm, Rahel Levin-Varnhagen.»
K.: «Der nazistische Judenfeind Scurla schreibt ausgerechnet eine Biographie der jüdischen Salonière Rahel Levin-Varnhagen.»
B.: «So kann er seinen Antisemitismus vergessen machen.»
K.: «Seit neunzehnhundertzweiundfünfzig freier Schriftsteller in Cottbus. Dort in der Leitung des ‹Kulturbundes› zur demokratischen Erneuerung› und Stellvertretender Vorsitzender des Schriftstellerverbandes. Johannes-R.-Becher-Medaille neunzehnhunderteinundsiebzig. Und die Krönung – ‹Vaterländischer Verdienstorden der DDR›.»

Abzweigung

1.

Ende Dezember 1965

Der Minister für die Sicherheit des Staates, Erich Mielke, sagte zu Paul Kienberg, Leiter der Hauptabteilung XX, zuständig für die Bekämpfung «politischer Untergrundtätigkeit» und «Politisch-ideologischer Diversion»:
«Auf der Weihnachtsfeier, deine Frau, die sah nicht gut aus. Ist sie krank?»
Kienberg:
«Wir möchten ein Kind haben. Aber sie kann keine Kinder kriegen.»
Mielke:
«Sie oder du?»
Kienberg:
«Sie.»
Mielke:
«Hast du's mal woanders probiert?»
Kienberg:
«Genosse Mielke, du weißt doch, daß die Genossin Lehmann ein Kind von mir hat.»
Mielke:
«Ach, ja. Deine Frau weiß das?»

Kienberg: «Nein. An Weihnachten ist sie immer besonders niedergeschlagen.»
Mielke:
«Für euch ließe sich was machen.»
Kienberg:
«Was heißt das.»
Mielke:
«Wart's ab.»

2.

Anfang Januar 1966

Mielke ruft den Leiter der Frauen-Haftanstalt an:
«Sind unter den Frauen Schwangere?»
Der Leiter:
«Mehrere.»
Mielke:
«Mit Zwillingen?»
Der Leiter:
«Eine.»
Mielke:
«Warum sitzt sie?»
Der Leiter:
«Republikflucht.»
Mielke:
«Wie lange sitzt sie schon?»
Der Leiter:
«Vier Monate.»
Mielke:
«Und ihr Mann?»

Der Leiter:
«Sie ist nicht verheiratet.»
Mielke:
«Also, der Kindsvater?»
Der Leiter:
«Sitzt auch. Genauso lange.»
Mielke:
«Du bekommst von mir eine geheime Dienstanweisung.»
Der Leiter:
«Jawohl, Genosse Minister.»

3.

April – Juni 1967

Inge Reuter brachte am 6. April 1967 im Haftkrankenhaus der Frauen-Haftanstalt zwei Jungen zur Welt, Zwillinge. Inge Reuter ließ die Jungen Manfred und Jürgen nennen.
Manfred wurde zu Genossen Pflegeeltern gebracht.
Der Leitende Arzt des Haft-Krankenhauses, Dr. Wilhelm, sagte zu Inge Reuter:
«Ihr Sohn Jürgen ist gestorben.»
Inge Reuter fragte nicht nach dem Totenschein.
Der Zwilling Jürgen wurde der Frau von Paul Kienberg übergeben.
Frau Kienberg war glücklich.
Paul Kienberg meldete sich bei Mielke:
«Genosse Mielke, ich ... wir danken dir.»
Mielke:
«Kein Problem. Ein Anruf und eine Dienstanweisung.

Ich habe im Frauen-Knast einen Zwilling abgezweigt. Du mußt noch die Adoption erledigen.»
Kienberg:
«Wird gemacht.»

4.

1968

Inge Reuter wurde Mitte 1968 aus der Haft entlassen. Sie bekam ihren Sohn Manfred zurück, der inzwischen zwei Jahre und zwei Monate alt war. Die Genossen Pflegeeltern hatten sich gut um ihn gekümmert.
Inge Reuter mußte mit Manfred nach Dresden gehen, wo ihr eine Zwei-Zimmer-Wohnung und ein Arbeitsplatz als Kassiererin in einer Kaufhalle zugewiesen wurden. Sie durfte nicht in westnahe Orte reisen, also auch nicht nach Ostberlin.
Vom Vater ihrer Söhne hörte sie nichts mehr. Unterhaltszahlungen für Manfred gab es nicht.

5.

1985

Paul Kienberg rief seinen Freund Generalmajor Manfred Döring, Kommandeur des Stasi-Wachregiments «Feliks Dzierzynski», das vor dem Eingang der Neuen Wache Unter den Linden postiert war, an.
Kienberg:

«Mein Sohn Jürgen möchte seinen Wehrdienst im Wachregiment ableisten. Er will Offizier werden.»
Döring:
«Da ist er bei uns richtig. Ist er Genosse?»
Kienberg:
«Seit seinem achtzehnten Geburtstag Kandidat.»
Döring:
«Führerschein?»
Kienberg:
«Bei der GST gemacht, in der Schulzeit.»
Döring:
«Abitur?»
Kienberg:
«Mit zwei.»
Döring: «Soll sich melden. Wir nehmen ihn.»

Manfred Reuter verbrachte seine Zeit meist in Dresden, abgesehen von Ferienaufenthalten im Elbsandsteingebirge und im Meißner Land. Er wohnte noch bei seiner Mutter. Von Frühling bis Herbst ging er nach der Arbeit bei ROBOTRON fast jeden Tag zum Wassersportclub am Blauen Wunder, sonntags schon am Vormittag. Er besaß ein Einer-Kajak.
Oft verabredete er sich am Sonntag mit seinem Freund Walter, der auch Kajak-Fahrer war, zu einem Ausflug auf der Elbe.
Sein Freund Walter war reiselustig. Er fuhr an die Ostsee, vor allem nach Usedom, nach Thüringen, zumeist nach Erfurt, und er versuchte manchmal, Manfred zu einer gemeinsamen Reise nach Ostberlin zu überreden.
Aber Manfred sagte:
«Was soll ich in Ostberlin. Dresden ist schöner.»

6.

1988

Im Sommer machte sich Walter wieder einmal auf die Reise nach Ostberlin. Er wollte bei der Gelegenheit das Zeughaus Unter den Linden besuchen und anschließend zum Tee ins Haus der Deutsch-Sowjetischen-Freundschaft gehen.
Auf dem Weg vom Zeughaus zum Haus der Deutsch-Sowjetischen-Freundschaft machte Walter einen Abstecher zur Neuen Wache.
Verblüfft blieb er vor dem Wachtposten stehen.
Der Wachtposten sah Walters Freund Manfred Reuter wie aus dem Gesicht geschnitten ähnlich.
Walter rief aus dem Haus der Deutsch-Sowjetischen-Freundschaft in Dresden an:
«Mensch, Manfred, ich dachte einen Moment lang, du bist im Wachregiment. Der Posten vor der Neuen Wache sieht dir zum Verwechseln ähnlich. Wie ein Zwilling.»
Manfred sagte:
«Das kann nicht sein. Ich hatte einen Zwillingsbruder. Aber der ist kurz nach der Geburt gestorben.»

Was hat Charlie gesagt

Charlie hat gesagt:
«Ob ich Kinder hab?
Eins.
Mit der Rita.
Ich wollt, daß sie abtreibt.
Aber sie: ‹Nein. Du brauchst dich nich drum zu kümmern. Das schaff ich alleine.›
Der Knabe is jetzt acht.
Rita hat ihm nich gesagt, daß ich der Vater bin.
Ich sag's ihm auch nich.
Müßt ich mich ja eintragen lassen aufm Standesamt.
Soll ich etwa acht Jahre Alimente nachzahln?»

Armenkönig

Das Echo hallte von den Bergen wider. Wilhelm lud sich den Rehbock auf die Schultern. Er trug die Beute in der Dämmerung zu seinem Freund Franz, dem Metzger in Benneckenstein.
Wilhelm ging nach Hause und reinigte sein Jagdgewehr.
Zu seiner Frau Anna sagte er:
«Morgen gibt's Fleisch.»
Sie sagte:
«Es ist höchste Zeit. Die Kinder müssen endlich etwas Anständiges zu essen kriegen.»
Wilhelm sagte:
«Und wir auch.»

Der Metzger Franz weidete das Tier aus, zerteilte Fleisch und Knochen in handliche Stücke und verwahrte sie in seinem eisgekühlten Keller.
Im Laufe der nächsten Tage vergab der Metzger Franz ansehnliche Rehfleischpäckchen an arme Familien. Einen gehörigen Packen holte sich Wilhelms Frau Anna.

In der Nacht des 24. November 1915 nahm Förster Groß Wilhelm in seinem Haus fest und beschlagnahmte dessen Waffe.
Beim ersten Verhör im Polizeigefängnis sagte Wilhelm zu Förster Groß:

«Du armseliger Büttel. Kriech doch deinem Herrn Waldbesitzer in den Arsch. Wenn ich wieder rauskomme, sieh dich vor. Schießen kann ich ja!»

Wilhelm wurde in eine Zelle eingeschlossen. Er sollte am nächsten Tag mit der Bahn zum Amtsgericht Ilfeld gebracht werden.
In der Zelle stand ein eiserner Ofen. Wilhelm brach das Ofenrohr aus der Schornsteinwand, schob den Ofen zur Seite und kroch durch den Schornstein aufs Dach. Er sprang auf ein niedriges Nebengebäude und floh.

Zwei Wochen konnte sich Wilhelm bei einem Freund verstecken.
Am Abend des 9. Dezember griff die Polizei ihn auf und setzte ihn in den Zug nach Ilfeld.
Obwohl er an den Händen gefesselt war, gelang es ihm, kurz nach Ausfahrt die Waggontür zu öffnen. Er sprang im Dunkeln in eine Schneewehe.

Bis zum 3. Februar 1916 lebte Wilhelm versteckt bei Freunden.
Die Polizei faßte ihn und brachte ihn nach Nordhausen.
Das Landgericht Nordhausen verurteilte Wilhelm am 9. Februar wegen gewerbsmäßiger Wilderei, Diebstahls und Widerstands gegen die Staatsgewalt zu drei Jahren Haft.

Wilhelms Frau Anna mußte die Familie mit Heimarbeit allein durchbringen.

Sie besuchte Wilhelm mit den Kindern im Gefängnis in Nordhausen.
Er sagte:
«Wenn ich draußen bin, gehe ich wieder auf die Jagd.»
Anna sagte:
«Tu's nicht. Du findest eine Arbeit. Ich arbeite zu Hause.»

Nach der Haft verschaffte Wilhelm sich ein Jagdgewehr und ging in den Wald.
Er versorgte seine Familie mit Fleisch. Überschüssiges Fleisch verschenkte er an bedürftige Familien oder verkaufte es.
Er war in Benneckenstein angesehen und konnte sich auf die Verschwiegenheit der Einwohner verlassen.
Die Leute nannten ihn den König der Wilderer.

Die Polizei hatte beobachtet, daß Wilhelm sich zur Kirmes 1922 bei seiner Familie aufhielt.
Ein Aufgebot von Polizeibeamten näherte sich dem Haus.
Wilhelm floh auf den Gallenberg und konnte beobachten, wie sein Haus umstellt wurde.
In den Wochen darauf jagte er nicht.
Er traf Feldarbeiter, die ihm Stellen im Wald nannten, an denen er Lebensmittel von Freunden finden konnte.

Der Sohn des Revierförsters Lezius und ein Hilfsförster lauerten am 5. Oktober 1922 einer Schar Wilderer, denen sich Wilhelm angeschlossen hatte, am Amkenberg auf.
Der Sohn des Revierförsters Lezius und der Hilfsförster brüllten «Halt! Halt!» und schossen auf die Wilderer.

Wilhelm, getroffen, rief den anderen zu:
«Lauft! Mich hat's erwischt.»
Er lief noch hundert Meter weit in den Wald und brach zusammen.

Am nächsten Tag führte ein Waldarbeiter den Suchtrupp.
Wilhelm saß, das Gewehr im Arm, tot unter einer Fichte.

Nicht zu viel Fleisch

Der Kommunistische Jugendverband der Sowjetunion ‹Komsomol› appellierte auf seinem VII. Kongreß 1926 an die Mitglieder, auf die Großbaustellen des Landes zu gehen, um die Arbeiter beim Aufbau des Sozialismus zu unterstützen.
Die Jugendlichen mußten natürlich vorher instruiert werden.
Dem Psychoanalytiker Professor Zalkind kam es zu, den Jugendlichen in riesigen Meetings die sexuellen Gebote des revolutionären Proletariats nahezubringen.
Er begann seine Vorträge mit den Sätzen:
«Eins sage ich Euch gleich. Die Arbeiterklasse hat im Interesse der revolutionären Zweckmäßigkeit das Recht, sich in das Sexualleben ihrer Mitglieder einzumischen. Das Sexuelle soll stets den Interessen der Arbeiterklasse dienen. Es gilt der Grundsatz: die Kraft der kommunistischen Jugendlichen muß in die Arbeit fließen; die Jugendlichen dürfen ihre Kraft nicht sexuell verplempern.
Die Lebensbedingungen auf den Großbaustellen – die Unterbringung in Baracken, die Massenverpflegung – stehen auf natürliche Weise der sexuellen Stimulation entgegen.
Die Lagerleitungen haben darauf zu achten, daß die Jugendlichen niemals Alkohol trinken.

Die Jugendlichen sollen auf harten Unterlagen schlafen und nach dem Wecken sofort aufstehen.
Die Jugendlichen dürfen kein sitzendes Leben führen, weshalb sie nicht in der Verwaltung arbeiten sollen.
Es darf nicht zu viel Fleisch gegessen werden.
Spätestens drei Stunden vor der Nachtruhe soll die Abendverpflegung verzehrt sein.
Bevor sich die Jugendlichen niederlegen, sollen sie urinieren.
Erotische Literatur wird in den Lagern nicht geduldet.
Mit einem Wort. Das Sexualleben sollte sich nicht zu früh entwickeln.
Die sexuelle Selektion hat im Sinne der revolutionär-proletarischen Klassenziele zu erfolgen.
Flirts, Schürzenjägerei und Koketterie als Methoden der sexuellen Eroberung sind untersagt.
Eine Paarbildung und eventuelle Eheschließung setzt die volle soziale und biologische Reife mit zwanzig bis vierundzwanzig Jahren voraus.
Vor der Heirat ist sexuelle Zurückhaltung zu üben.
Der sexuelle Akt soll auch in der Ehe nicht oft erfolgen.
Es sollen nur wenige sexuelle Variationen praktiziert werden. Keinesfalls dürfen sich die Sexualpartner auf Perversionen einlassen.
Zum Schluß sage ich. Bei jedem sexuellen Akt dürft ihr nicht vergessen, daß ein Kind gezeugt werden könnte.»

Hunderttausende Komsomolzen folgten dem Aufruf.

Kurzfassung

I.

Aussage des Angeklagten:
«Auf den Hennies war ich scharf. Der war neunzehn.»
Er habe sich mit dem ganzen Leib auf den nackten Jungen geworfen. Im Rausch des Orgasmus habe er ihn erdrosselt.
Mit zwei Schnitten habe er die Bauchhöhle des Toten geöffnet und die Eingeweide in einen Eimer getan. In das Blut, das sich in der Bauchhöhle angesammelt hatte, habe er ein Handtuch getunkt, und er habe dies so lange getan, bis alles Blut aufgetunkt war.
Das Handtuch habe er über dem Eimer mit den Eingeweiden ausgewrungen.
Die Rippen habe er nach der Schulter hin aufgeschnitten. Die Rippenreste habe er so lange hochgedrückt, bis sie in der Schultergegend knackten. Dort habe er sie abgeschnitten und beiseitegelegt.
Nun habe er Herz, Lunge und Nieren fassen und in den Eimer tun können.
Zum Schluß habe er die Beine und Arme vom Leib getrennt. Er habe das Fleisch von den Knochen gelöst und in seiner Wachstuchtasche verstaut.
Das übrige Fleisch habe er unters Bett geschoben.

Den Penis habe er abgeschnitten, in kleine Teile zerstükkelt und zerkaut.
Den Kopf habe er sich zuletzt vorgenommen.
Mit dem kleinen Küchenmesser habe er die behaarte Kopfhaut ringsherum vom Schädel geschnitten und in kleine Würfel zerlegt. Den Schädel habe er mit der Wangenfläche auf eine Bastmatte gelegt und mit Lumpen bedeckt. Mit einem Beil habe er den Schädel aufgeschlagen. Das Gehirn sei auch in den Eimer gekommen.
Um alles hinauszubringen und in den Fluß zu werfen, habe er sechs Mal gehen müssen.

II.

Aussage des Angeklagten:
«Der Brinkmann war dreizehn.»
Dem habe er im Rausch die Kehle durchgebissen. An dem sei nicht viel drangewesen. Mit zwei Eimern habe er nur zweimal zum Fluß gehen müssen.
Den Kopf habe er in den Fluß geschmissen.

III.

Aussage des Angeklagten:
«Der Speichert war fünfzehn.»
Dem habe er im Rausch die Halsschlagader zerbissen und habe sich an dem sprudelnden warmen Blut sattgetrunken.

Wie beim Brinkmann sei er mit zwei Eimern zweimal zum Fluß gegangen.
Den Kopf habe er auch in den Fluß geschmissen.

IV.

Der Angeklagte diente der Polizei von 1918 bis 1924 als Spitzel und gab sich als Kriminalbeamter aus.
Unerfahrenen Jugendlichen war er eine amtliche Vertrauensperson. Sie nannten ihn «Herr Kriminal».
Er durchforstete Nacht für Nacht die Wartesäle des Bahnhofs und machte sich an durchreisende junge Männer heran.
Mit Vorliebe suchte er Kneipen und Straßenecken auf, wo sich Obdachlose, Alkoholiker, Arbeitslose und jugendliche Schwule herumtrieben.
Solchen, die ihm gefielen, bot er Essen und Unterkunft an, und sie kamen mit.
Er behielt sie bei sich, verkehrte mit ihnen und ermordete sie.
Er trieb Handel mit der Kleidung und mit dem Fleisch seiner Opfer.

V.

Im Prozeß vom 4. bis 19. Dezember 1924 wurden ihm über zwanzig Morde nachgewiesen. Das Gericht verurteilte ihn vierundzwanzig Mal zum Tode.

VI.

Am 15. April 1925, 6:00 Uhr, schlug der Scharfrichter Carl Gröpler dem Verurteilten mit dem Handbeil den Kopf ab.

Name des Geköpften: Haarmann, Fritz, geboren 1879.

Vanille, Schoko, Kirsch

Zuerst konnte Frau Tesch noch allein einkaufen gehen.
Später kam sie nicht mehr aus der Wohnung heraus.
Zuletzt lag sie nur noch im Bett.
Herr Tesch mußte für sie sorgen.
Am liebsten machte er Pudding.
Morgens machte er für sie Vanillepudding.
Mittags machte er für sie Schokopudding.
Abends machte er für sie Kirschpudding.
Über Wochen aß Frau Tesch morgens, mittags und abends Pudding.
Manchmal machte Herr Tesch morgens Kirschpudding, mittags Vanillepudding, abends Schokopudding.
Eines Tages machte Herr Tesch abends keinen Pudding.
Herr Tesch hatte am Nachmittag einen Schlaganfall erlitten.
Am nächsten Morgen konnte es keinen Pudding geben.
Herr Tesch war in der Nacht verstorben.
Frau Tesch sagte:
«Ich brauche keinen Pudding mehr zu essen.»

Der Duft der Kiefern

1.

4. Mai 1929

Lieber Walter Trier,

Sie wissen, wie sehr ich Pieskow am Scharmützelsee mag. Ich wollte mir dort ein Haus bauen. Es ist gebaut. Am Kronprinzendamm. Ich nenne es «Mein Haus im Forst».
Wenn ich abends über den See blicke, sehe ich am Westufer die Lichter von Saarow.
Der Duft der Kiefern und die frische Brise des Sees verbinden sich zu einer unvergleichlichen Atemluft. Kein Platz ist mir lieber. Auf meiner Visitenkarte steht «Hochstetterhof».
Hier wohne ich mit meiner Frau Hildegard und mit meiner Tochter aus der ersten Ehe; sie ist jetzt vierzehn Jahre alt.
Nicht weit von mir wohnt mein Freund Georg Zehden mit Frau und Sohn. Georg Zehden ist unser Hausarzt. Sie erinnern sich vielleicht, daß ich mit ihm 1910 das Buch «Mit Hörrohr und Spritze» herausgegeben habe.
Ich verrate kein Geheimnis, wenn ich sage: mein Büchlein «Maruschka Braut gelibbtes! Briefe aus Debberitz» von 1915 war ja vor allem dank Ihrer Illustrationen ein großer Erfolg.

Zuweilen betrachte ich die köstlichen Figuren von Ihrer Hand – Iwan, den Kosaken; Maruschka, seine Braut; Andrejew Schuftsky, den gemeinen Schwindler; den alten heiligen Popen.
Wie lange ist das her.
Wenn Sie in Berlin sind und Ihre Zeit es erlaubt, dann machen Sie doch einmal einen Abstecher nach Pieskow. Ich lade Sie herzlich ein, unser Gast zu sein.

Ihr Gustav Hochstetter

7. Mai 1929
Lieber Herr Hochstetter,

Es ist schön, daß Sie am Scharmützelsee glücklich und zufrieden sind.
Apropos «Maruschka Braut gelibbtes!». Die Illustration hat mir Freude gemacht. Aber Sie unterschätzen natürlich Ihren Text. Das Buch lebt von den skurrilen Briefen des Kosaken Iwan an seine Braut in Rußland. Zum Beispiel der dritte Brief «Ein Viertelstündchen deutsche Sprachlehre», in welchem Iwan die Schwierigkeiten des Deutschen erklärt – das ist unübertrefflich:
«Iber armes kleines Kärl cheißt sich in Daitschland = Kärl hat kein Mark in die Knochen. Zu blöde! Mögte dir einfallen zu saggen in Rußland von armes Mann: Kärl hat kein Rubel in die Knochen? Daitsches Sprache isst sich särr schwärr!»
Frau Jacobsohn, die nach dem Tod ihres Mannes die «Weltbühne» führt, hat mich mit Erich Kästner bekanntgemacht. Wir sind übereingekommen, daß ich sein er-

stes Kinderbuch illustriere. Es heißt «Emil und die Detektive» und soll noch dieses Jahr erscheinen.
Zur Zeit bin ich mit «Emil» beschäftigt.
Es kann sein, daß ich gelegentlich in Pieskow auftauche.

Ihr Walter Trier

2.

20. Juli 1931

Lieber Walter Trier,

ein kleiner Kreis von Freunden versammelt sich manchmal bei mir, wenn ein Heft der «Lustigen Blätter» erschienen ist.
Wollen Sie dabei sein?
Am 30. Juli, ab 18 Uhr.
Alexander Moszkowski bringt etliche Exemplare mit.

Ihr Gustav Hochstetter

Im Hause von Gustav Hochstetter in Pieskow trifft am 30. Juli 1931 als erster Alexander Moszkowski, der Herausgeber der «Lustigen Blätter», ein.
Gustav Hochstetter, der von 1903 bis 1923 Redakteur der «Lustigen Blätter» war, umarmt den alten Freund.
Moszkowski legt im Wohnzimmer einen Stapel der Zeitschrift ab.
Sie treten auf die Terrasse.
«Der Scharmützelsee, das märkische Meer, ist Balsam für die Seele», sagt Moszkowski. «Das empfinde ich je-

des Mal, wenn ich aus dem hektischen, zerrissenen Berlin nach Pieskow komme.»

Kurz darauf kommen Georg Zehden, seine Frau Lisbeth und ihr Sohn Klaus. Zehdens und Moszkowski kennen einander seit langem.

Hochstetters Frau Hildegard und die sechzehnjährige Elisabeth bereiten das Büffet für den abendlichen Imbiß.

Walter Trier, der nach Dr. Zehden eintrifft, ist allen vertraut.

Zum Schluß erscheint Harry Liedtke mit seiner Frau Christa Tordy. Alle kennen Liedtke und Tordy aus der Stummfilmkomödie «Amor auf Ski» von 1928.

Hochstetter macht die Liedtkes mit Familie Zehden, mit Trier und mit Moszkowski bekannt.

Moszkowski sagt:

«Ich habe Sie gestern im Kino gesehen. ‹Nie wieder Liebe›. Eine amüsante Komödie, Ihr Film.»

«Es ist eher der Film von Lilian Harvey», sagt Liedtke.

«Bis voriges Jahr wohnte sie in meiner Nachbarschaft», sagt Moszkowski, «in der Düsseldorfer Straße 47 in Wilmersdorf. Im selben Haus wie Leon Jessel.»

Liedtke sagt:

«‹Nie wieder Liebe› verdankt seine Güte der Musik von Mischa Spolianski. Allerdings glaube ich, daß unser Film beim Publikum keine große Chance hat.»

«Wieso?»

«Im Mai kam ‹M› von Fritz Lang heraus. Mit Peter Lorre und Gustaf Gründgens.»

3.

Am 11. Mai 1933 ist Walter Trier schon am Vormittag bei Gustav Hochstetter in Pieskow.
Walter Trier sagt:
«Gestern Abend haben die Nazis auf dem Opernplatz auch die Bücher von Kästner verbrannt. Ich muß fort!»
«Wohin wollen Sie?»
«Nach England. Ich kann dort für ‹Liliput› und für die ‹Picture Post› arbeiten. Hochstetter! Sie sollten auch weggehen!»
«In meinem Alter? Soll ich hier alles stehen- und liegenlassen?»
«Ja!»
«Wohin soll ich gehen.»
«Was weiß ich. Hauptsache fort!»
«Wovon soll ich leben?»
«Das findet sich.»
«Die Nazis kommen und gehen.»
«Die bleiben! Auf jeden Fall sollten Sie Elisabeth nach England schicken. Wie das andere Eltern mit ihren Kindern machen.»
«Sie ist siebzehn. Wer wird sich um sie kümmern.»
«Sie kommt in eine englische Familie.»
«Unvorstellbar.»
«Auch Doktor Zehden muß sich mit seiner Familie in Sicherheit bringen.»
«Er ist sechzig.»
«Wir sind Juden! Haben Sie vergessen, was am ersten April passiert ist? Gegen jüdische Geschäfte, Ärzte, Rechtsanwälte? Das war der Anfang.»

«In Saarow und Pieskow ist nichts passiert.»
«Weil es keine jüdischen Geschäfte gibt! Doktor Zehden wird nicht mehr praktizieren dürfen.»
«Lieber Walter Trier. Warten wir doch erst mal ab.»

4.

Gustav Hochstetter. Geboren am 12. Mai 1873, ermordet am 26. Juli 1944 im KZ Theresienstadt.

Hildegard Hochstetter. Der Verbleib von der zweiten Ehefrau Gustav Hochstetters ist unbekannt.

Elisabeth Hochstetter. Geboren 1915. 1941 zur Zwangsarbeit dienstverpflichtet, im Frühjahr 1942 in das Arbeitslager Radinkendorf bei Beeskow eingewiesen, im April 1942 nach Warschau deportiert. Ein letztes Lebenszeichen stammt aus Minsk.

Dr. med. Georg Zehden. Geboren am 8. März 1873, ermordet am 23. Oktober 1943 im KZ Theresienstadt.

Lisbeth Zehden, geborene Guttmann. Geboren am 5. August 1879, ermordet im Mai 1944 im KZ Auschwitz.

Klaus Zehden. Geboren am 2. April 1907, ermordet am 4. März 1944 im KZ Auschwitz.

Walter Trier. Geboren am 25. Juni 1890, ging 1935 nach London, gestorben am 8. Juli 1951, Ontario, Kanada.

Ein Apotheker

Karl Pfizer und Karl Erhart.
Geboren 1824 und 1821 im Württembergischen Ludwigsburg.
Ein Apotheker und ein Konditor.
Cousins.
Pfizer sagte zu Erhart:
«Unser Königreich Württemberg ist ein Zwergstaat. Von Westen nach Osten sind es gerade einhundertsechzig Kilometer.»
Erhart sagte:
«Und von Norden nach Süden zweihundertfünfundzwanzig Kilometer.»
Pfizer:
«Die Grenzen sind Zollschranken.»
Erhart:
«Ludwigsburg ist ein Nest.»
Pfizer:
«Die Enge schnürt mir die Kehle zu. Stell dir dagegen Amerika vor.»
Erhart:
«Das kann ich nicht.»
Pfizer:
«Allein New York ist größer als unser ganzes Königreich.»
Erhart:
«Die Revolution hat uns nichts gebracht.»

Pfizer:
«Unser König spielt den Liberalen. Ich will nach Amerika.»
Erhart:
«Ich gehe mit.»
Pfizer:
«Ich lerne Englisch. Meine Schwester Fanny tut das auch. Und ich habe mir die amerikanischen Gesetze angesehen.»
Erhart:
«Ich verkaufe die Konditorei.»
Pfizer:
«Ich lasse mir ein Teil meines Erbes auszahlen.»
Erhart:
«Wir sind keine armen Auswanderer.»

Das Schiff, mit dem Pfizer und Erhart 1848 aus Bremerhaven nach Amerika kamen, legte in Hoboken, New Jersey an.
Pfizer sagte:
«Wir bleiben vorläufig hier.»
Erhart sagte:
«Zur Akklimatisierung. Sprachlich und mental.»
Kaum ein Jahr später sagte Erhart zu Pfizer:
«Ich glaube, Hoboken reicht jetzt.»
Pfizer:
«Was hältst du von Williamsburgh?»
Erhart:
«Da leben viele Deutsche.»
Pfizer:
«Ein günstiges Geschäftsterrain für uns.»

Karl Pfizer und Karl Erhart kauften in Williamsburgh, das 1855 nach Brooklyn eingemeindet wurde, ein Haus in der Bartlett Street und gründeten eine chemische Fabrik für medizinisch verwendete Feinchemikalien.
Pfizer sagte:
«Wozu bin ich Apotheker.»
Sie nannten die Firma Charles Pfizer Company, Manufacturing Chemists, und fingen an zu produzieren.
Angesichts des weitverbreiteten Befalls der Bevölkerung mit Spulwürmern durch verunreinigtes Trinkwasser und kotgedüngtes Gemüse beschlossen Pfizer und Erhart, ein Gegenmittel herzustellen, das sie Santonin nannten. Es wurde aus der Zitwerblüte gewonnen. Santonin mußte mehrere Tage lang eingenommen werden. Aber es schmeckte bitter. Der Verkauf stockte.
Erhart sagte:
«Wozu bin ich Konditor.»
Sie ummantelten das Mittel mit einem Sahnebonbon. Es war der erste große Geschäftserfolg von Pfizer & Co.

Karl Pfizer und Karl Erhart erweiterten die Produktionspalette. Kampfer, Borax, Jod und Jodsalze, Äther, Seignettesalz, Quecksilberverbindungen.
Die Firma expandierte.
Pfizer und Erhart wurden amerikanische Staatsbürger.
Karl Erhart heiratete 1856 Karl Pfizers Schwester Fanny.
Die Produktionsstätte in Williamsburgh wurde zu klein.
Pfizer:
«Wir müssen nach Manhattan. In die Nähe der Wall Street.»

1857 eröffneten sie eine zweite Produktionsstätte.
Karl Pfizer unternahm Reisen nach Europa. Die Geschäftskontakte zu den Rohstofflieferanten mußten gepflegt werden.
Er lernte Anna Hausch kennen.
1859 heirateten Anna Hausch und Karl Pfizer in Ludwigsburg.

1861 brach der amerikanische Bürgerkrieg aus.
Die Nachfrage nach antiseptischen und desinfizierenden Mitteln stieg.
Pfizer und Erhart forcierten die Produktion mit Weinsäure. Mit Weinsäure wurden Verwundete auf den Schlachtfeldern behandelt. Weinstein fand vielfältige Verwendung, in der Lebensmittelindustrie und in der Pharmazie.
Die Firma florierte. 1868 wurde ihr Sitz in die Nähe der Wall Street verlegt. Maiden Laine 81.
Auf der Weltausstellung 1876 wird Pfizer zum ersten Mal international wahrgenommen. Die Österreichische Kommission stellt fest: «Eine der interessantesten Ausstellungen ist jene von Charles Pfizer & Co. in New York. Der Eigenthümer, ein Württemberger, hat es verstanden, innerhalb von 20 Jahren aus nichts eine der größten amerikanischen Industrien zu schaffen.»
Und «Man muss es den Amerikanern nachsagen, daß sie die Medicinen in gefällige Formen zu bringen wissen. Aber nicht nur die Formen, sondern auch der Geschmack der adjustirten Drogen ist so, wir möchten fast sagen verführerisch, daß es ganz begreiflich erscheint, wenn der Kranke eher danach greift, als er den Arzt holt.»

Karl Pfizer und seine Frau Anna bekamen sieben Kinder. Fünf überlebten die Kindheit. Charles jr., Gustave, Emile, Helen und Alice. Karl Pfizer wollte, daß seine Kinder finanziell unabhängig waren und beteiligte Charles jr. und Emile am Familienunternehmen. Charles und Emile hatten sein Arbeitsethos nicht geerbt. Sie verbrachten viel Zeit mit der Fuchsjagd und mit Polo. Anders Karl Erharts und Fannys Sohn William.

Pfizers Spezialität war die Verfeinerung von rohen Ausgangsstoffen zu Produkten von höchster Reinheit. In den 80er Jahren des 19. Jahrhunderts synthetisierte Pfizer Chloroform.

William Erhart trat 1889 in die Firma ein.

Ein Jahr später zog sich Karl Pfizer aus der Geschäftsleitung zurück.

Karl Erhart starb 1881 im Alter von siebzig Jahren.

1906 starb Karl Pfizer, zweiundachtzigjährig.

Tochter Alice sagte über ihn:

«Mein Vater arbeitete von frühmorgens bis spätabends im Betrieb.»

Der Aufstieg zum weltweit umsatzstärksten Pharmakonzern begann im Zweiten Weltkrieg.

Landrat H.

Der Jurist Doktor H. war seit 1928 Landrat in Oldenburg/Holstein.
1933 wurde er, ein Sozialdemokrat, von den Nazis entlassen. Bis 1936 lebte er, arbeitslos, mit seiner Familie bei Verwandten in Stralsund. Er fand eine Anstellung als Versicherungsvertreter bei der Allianz AG in Demmin und in Danzig. Am Ende des Krieges, ausgebombt, zog die Familie auf die Insel Rügen.
Nach dem Einmarsch der Roten Armee suchte die sowjetische Militärregierung unbelastete Verwaltungsfachleute. Dr. H. wurde zum Landrat für Rügen und Hiddensee mit Sitz in Bergen ernannt. Seine Aufgabe war riesig. Er mußte sich um die Landwirtschaft, den Handel, die Ernährung, den Wohnraum und die Schulen kümmern.
Wenn sich Hilfesuchende an die sowjetische Militärregierung wandten, sagte der zuständige Kommandant: «Macht Landrat.»
Dr. H. war ein unersetzlicher Verwaltungsfachmann.
Zum Schutz vor übereifrigen sowjetischen Patrouillen stellte ihm der Kommandant eine amtliche Bescheinigung in russischer und deutscher Sprache aus: «Landrat H. darf niemals erschossen werden.»

So oder ähnlich

Alexej Wassiljewitsch Sukletin lebte bei seiner Mutter in Kasan. Er war sechzehn Jahre alt, arbeitete nicht und kaufte von Mutters Geld Wodka. Täglich betrank er sich.
Die Mutter arbeitete in einem Krankenhaus. Sie war Krankenschwester. Seinen Vater kannte Alexej Wassiljewitsch nicht.
Eines schönen Sommertags ging Sukletin betrunken in den Park.
Er trottete hinter einer jungen Frau her, riß sie zu Boden und versuchte, ihr die Hose auszuziehen. Die Frau wehrte sich heftig, richtete sich auf und lief weg. Sie kannte Alexej Wassiljewitsch aus der Nachbarschaft, ging zur Miliz und zeigte ihn an.
Am Abend kamen zwei Milizionäre.
Alexej Wassiljewitschs Mutter sagte:
«Um Gotteswillen, was wollen Sie!»
«Wir wollen Ihren Sohn sprechen.»
Sie sagte:
«Er schläft.»
Die Milizionäre weckten Alexej Wassiljewitsch auf.
Der ältere Milizionär sagte:
«Was war heute im Park los?»
Alexej Wassiljewitsch, noch betrunken, sagte:
«Ich wollte 'ne Frau ficken. Aber die wollte nicht.»

«Soso», sagte der jüngere Milizionär, «sie wollte nicht.»
«Dann komm mal mit, Bürschchen», sagte der ältere Milizionär.
Die Milizionäre legten Alexej Wassiljewitsch Handschellen an und führten ihn ab.
Seine Mutter schlug die Hände vors Gesicht.
Ein Gericht verurteilte Alexej Wassiljewitsch wegen versuchter Vergewaltigung zu zwei Jahren Gefängnis.

Nach der Haft ging Alexej Wassiljewitsch nicht zu seiner Mutter zurück.
Er lernte im Park Nikolai Nikolajewitsch Warschawski und Andrej Michailowitsch Belajew kennen und tat sich mit ihnen zusammen.
Sie stahlen in Läden Lebensmittel und bettelten auf der Straße.
Alexej Wassiljewitsch schlief bei Warschawski oder bei Belajew, die beide in Kommunalkas hausten.
Alexej Wassiljewitsch wußte von einer alten Nachbarin seiner Mutter, die allein lebte.
Die drei gingen zu der alten Frau.
Warschawski sagte:
«Wir kommen vom Wohnungsamt. Wir müssen Ihre Wohnung überprüfen.»
Die Alte ließ die drei in ihre Wohnung.
Alexej Wassiljewitsch schlug der Frau eine Bierflasche auf den Kopf.
Die Frau stürzte zu Boden.
Die drei durchwühlten ihre Sachen, fanden 80 Rubel und machten sich aus dem Staub.
Die alte Frau rappelte sich auf und rief die Miliz.
Alexej Wassiljewitsch und seine Kumpane kauften un-

terdessen von dem gestohlenen Geld einen Vorrat an Wodka. Sie betranken sich im Zimmer von Warschawski.
Nur fünf Stunden nach dem Raubüberfall verhafteten sechs Milizionäre die drei Spießgesellen.
Ein Gericht verurteilte Alexej Wassiljewitsch wegen versuchten Mordes und schweren Raubes zu zwölf Jahren Gefängnis.
Warschawski und Belajew wurden wegen Beihilfe zu je drei Jahren Haft verurteilt.
Während der Haft erbot sich Alexej Wassiljewitsch, der Gefängnisverwaltung Mithäftlinge zu denunzieren, die sich nicht an die Regeln hielten.

Nach zwölf Jahren Gefängnis, 1976, zog Alexej Wassiljewitsch nach Wassiljewo im Raion Selenodolsk.
Dort bekam er Arbeit als Wachmann der Datschensiedlung Kajenlyk und durfte eine Datsche mieten.
In der Siedlung lernte er Madina Nurgasisowna Schakira und Rinat Wolkow kennen.
Die drei spezialisierten sich auf Erpressungen nach einem einfachen Muster.
Madina Schakira fuhr mit dem Vorortzug nach Kasan. Sie trieb sich in Kneipen herum, rief spätabends ein Taxi und ließ sich nach Wassiljewo fahren. Dort bot sie dem Taxifahrer an, mit ihr die Nacht zu verbringen.
Sie ging mit ihm in Alexej Wassiljewitschs Datsche.
Als Madina Schakira und der Taxifahrer sich gerade auszogen, stürmten Alexej Wassiljewitsch und Rinat Wolkow ins Zimmer.
Alexej spielte den Mann, Rinat den Bruder von Madina.

Sie verprügelten den halbnackten Taxifahrer und verlangten sein Geld.
Von da an machten sie das öfter.

Im November 1979 lud Alexej Wassiljewitsch die 22jährige Jekaterina Ossetrowa in seine Datsche ein.
Er stellte ihr Madina Schakira als seine Schwester vor.
Die drei feierten eine Party.
In der Nacht ging Alexej mit Jekaterina ins Schlafzimmer. Sie setzte sich in einen Korbsessel.
Alexej nahm einen Hammer und schlug ihr von hinten auf den Kopf.
Sie verlor das Bewußtsein.
Er legte sie in einen Holztrog und band ihre Hände zusammen. Er schlitzte ihren Hals auf und schlürfte das Blut, das aus ihrer Schlagader sprang. Auch Madina Schakira trank von ihrem Blut.
Als Jekaterina Ossetrowa ausgeblutet war, schnitt Alexej sie auf, riß ihre inneren Organe heraus und fütterte damit seine Wachhunde.
In der Küche kochten sie Jekaterinas Fleisch. Tagelang aßen sie davon.

Zwei Monate später trafen Alexej Wassiljewitsch und Madina Schakira im Bahnhof von Wassiljewo zwei junge Mädchen. Sie luden die beiden ein, gemeinsam Neujahr zu feiern.
In der Nacht erwürgte Alexej eines dieser Mädchen und verstaute ihren Körper in der Küche. Das andere Mädchen ließ er leben, weil sie ihm zu mager war.
Am nächsten Morgen sagte er ihr, die Freundin habe schon sehr früh nach Kasan fahren müssen.

In den folgenden Jahren ermordete Alexej Wassiljewitsch fünf weitere Frauen.
Es war immer das gleiche. Die Wachhunde fraßen die Innereien. Alexej und Madina tranken von dem Blut und aßen von dem Fleisch. Überschüssiges Fleisch versteckten sie in einer Kiste unter dem Wasserturm der Datschensiedlung. Sie verkauften praktische Portionen – Pfund- und Kilopäckchen – an Nachbarn als Gulasch, Schaschlik, Suppenfleisch. Die Knochen und Köpfe warfen sie in eine Grube hinter der Datsche, die mit einem schweren Holzdeckel verschlossen wurde.
Einmal hatte Alexej Wassiljewitsch Appetit auf Babyfleisch. Er verlangte von Madina Schakira, einen Säugling aus einem Kinderwagen zu stehlen, der vor dem Lebensmittelladen abgestellt war. Aber das wollte Madina nicht machen.

Alexej Wassiljewitsch gelüstete es immer nach jungem Frauenfleisch.
Auf der Bahnstation von Wassiljewo entdeckte er unter den wartenden Fahrgästen ein Mädchen von zehn, elf Jahren. Sie stand da allein.
Er sagte:
«Erkennst du mich nicht? Ich bin dein Onkel. Daß du in der Kälte so allein auf den Zug wartest! Komm doch mit nach Hause. Dich aufwärmen. Etwas essen. Du kannst auch mit dem nächsten Zug fahren.»
Das Mädchen ging mit ihm mit in die Datsche. In der Küche versuchte Madina Schakira, ihn von dem Kind abzuhalten. Aber er verpaßte ihr einen Hieb in die Fresse. Darauf verließ sie das Haus.
Alexej brachte dem Mädchen Tee und Kekse ins Wohn-

zimmer. Dann warf er sie auf die Liege, riß ihr die Kleider vom Leib, vergewaltigte sie, schnitt ihr die Kehle durch und trank von ihrem Blut.

Madina Schakira war fort.
Alexej traf sich mit Lidia Fjodorowa. Sie war 23 Jahre alt. Sie besuchte ihn oft zusammen mit ihrem Cousin Anatoli Nikitin.
Alexej erzählte prahlerisch von seinen Frauenmorden und wollte sie als neue Kumpanin anheuern.
Aber sie weigerte sich und drohte sogar, die Miliz zu rufen.
Daraufhin vergewaltigten und erstachen Alexej Wassiljewitsch und Anatoli Nikitin die waghalsige Lidia Fjodorowa. Das war am 12. März 1985.
Sie aßen von ihrem Fleisch und verbrannten ihre Kleidung.
Den Kopf von Lidia Fjodorowa warf Alexej Wassiljewitsch nicht in die Grube hinter der Datsche. Er legte ihn in einen Karton auf das Regal im Wohnzimmer, weil ihm Lidias Kopf mit dem kurzen schwarzen Haar besonders gefiel.

Eine Woche später kam Malina Schakira zu Alexej zurück.
Seinem Saufkumpan Gennadi Uglow aus der Datschensiedlung erzählte Alexej im Suff, er habe die schöne Lidia Fjodorowa erstochen.
Zum Beweis holte er den Karton vom Regal und zeigte Uglow Lidias Kopf.
Uglow ging am nächsten Tag zur Miliz und erzählte, was er gesehen hatte.

Man glaubte ihm nicht; sicherheitshalber schickte man drei Milizionäre los.
Die fanden den Karton mit Lidias Kopf, sie fanden die Grube hinter der Datsche mit den Knochen und Köpfen, sie fanden die Kiste unter dem Wasserturm mit dem überschüssigen Fleisch.

Alexej Wassiljewitsch, Madina Schakira, Anatoli Nikitin, der Cousin von Lidia Fjodorowa, und Rinat Wolkow, der an den Erpressungen der Taxifahrer beteiligt gewesen war, wurden im Juni 1985 verhaftet.
Vor Gericht erklärte Alexej Wassiljewitsch:
«Ich bereue nichts.»
Der Richter sagte:
«Es ist unerheblich, ob du nichts bereust.»
Einen Psychiater, der Alexej Wassiljewitsch fragte, ob er keine Angst vor Gott und dem Jüngsten Gericht habe, sagte er:
«Ich scheiß auf dein Jüngstes Gericht! Gott bin ich selber!»

Das Gericht verurteilte am 14. April 1986 Madina Nurgasisowna Schakira und Anatoli Nikitin zu je fünfzehn Jahren Gefängnis. Rinat Wolkow zu sieben Jahren.
Alexej Wassiljewitsch Sukletin wurde zum Tode durch Erschießen verurteilt.

Zum Tode durch Erschießen.
Mit einem Pistolen-Nahschuß ins Genick?
Oder lieber vor einem Erschießungskommando an die Wand gestellt?
Ohne Augenbinde?

Blick in die Mündungen der Gewehre?
Die Schützen sollen auf das Herz zielen, aber einige zielen auf die Fresse.
Der Kommandant ruft:
«Legt an! Feuer!»
Das ist das letzte Wort, das Alexej Wassiljewitsch hört.

Das Gesicht von Kugeln zerfetzt.
Der Kommandant tritt an Alexej Wassiljewitsch heran, zieht seine Pistole und schießt in den zertrümmerten Schädel.
Fangschuß.

Am 29. Juli 1987 wurde Alexej Wassiljewitsch Sukletin erschossen.

Die Küche

Holger Metsch hatte von seiner Mutter Geld geerbt. Täglich las er in der Zeitung von Einbrüchen in Häuser und Wohnungen. Er kam auf die Idee, mit dem ererbten Geld einen Laden für Sicherheitsschlösser zu eröffnen. Und er mietete eine Wohnung für sich, seine Frau und das Baby.
Die Idee, Sicherheitsschlösser zu verkaufen, hatten andere schon lange vor ihm. Sein Laden war eine Pleite.
Er fing an zu saufen.
Nach Ladenschluß hing er in der benachbarten Kneipe herum.
Seine Frau fragte ihn, warum er so spät nach Hause komme.
Holger Metsch sagte:
«Halts Maul!»
Er konnte seiner Frau kein Haushaltsgeld mehr geben.
Sie fragte ihn, ob er eine andere aushalte.
Holger Metsch sagte:
«Geh arbeiten!»
Schließlich sagte seine Frau:
«Ich halt das nicht mehr aus. Jeden Abend einen Besoffenen im Bett, und kein Geld!»
Er haute ihr eine rein und legte sich aufs Ohr.
Sie schnappte sich das Baby und ging.

Drei Tage später klingelte sie an seiner Tür.
Sie sagte:
«Ich brauche Geld für das Baby!»
Er streckte ihr den linken Arm hin und sagte:
«Mein Blut kannst du haben, Geld hab ich keins.»

Am Dienstag darauf, 10:00 Uhr vormittags, klingelte es Sturm bei Alfred Krauschke, einem Hausnachbarn von Holger Metsch.
Alfred Krauschke öffnete die Wohnungstür.
Vor ihm standen zwei Polizisten.
Der eine sagte:
«Sie müssen sofort das Haus verlassen! Und andere auch.»
«Was ist los?»
Der andere Polizist sagte:
«Haben Sie um neun einen Schuß gehört?»
«Nein.»
«Der Herr Metsch hat sich in seiner Küche erschossen. Die Kripo hat in der Wohnung Sprengstoff gefunden.»

Alfred Krauschke und die anderen Hausbewohner verließen das Haus. Im Café Keks warteten sie, bis die Kripo den Sprengstoff aus der Wohnung von Holger Metsch geschafft hatte.
Alfred Krauschke saß mit Anton Nebenzahl am Tisch.
Er sagte:
«Dieser Idiot, der Metsch. Hätte sich auch im Park erschießen können. Anstatt die Küche zu versauen mit seinem Gehirn.»

Zwo Knäblein

Phila und Georg von Sunberg, zwei Brüder, auf der Anklagebank.
Der Richter in roter Robe.
Der Verhörer:
«Die Angeklagten haben acht Morde begangen.
Erstlich, einen Reuter erschossen.
Zum anderen, ein schwanger Weib lebendig aufgeschnitten, welches ein totes Kind bei sich gehabt.
Zum dritten, ein schwanger Weib lebendig aufgeschnitten, welches ein Mägdlein bei sich gehabt.
Zum vierten, ein schwanger Weib lebendig aufgeschnitten, welches bei sich gehabt zwei lebendige Knäblein.»
Der Georg von Sunberg habe gesagt, sie hätten eine große Sünd getan; er wolle die Knäblein zu einem Priester tragen und taufen lassen.
Aber der Phila von Sunberg habe erwidert, er werde selber Priester sein und sie taufen. Er habe die Knäblein bei den Beinen gepackt und gegen die Erde geschlagen.
Der Richter in roter Robe:
«Phila und Georg von Sunberg wegen achtfachen Mordes zum Tode verurteilt durch Rädern.»
Anfang 1577 brachte Meister Franz die Brüder Sunberg mit dem Rad zu Tode.

Dr. med. Hans Haustein

«Hej, Süßer! Kommsu mit? Ficken und blasen. Mit Gummi vierzig, ohne Gummi achtzig.»
Der Passant:
«Nee. Ich hab keine Zeit.»
«Du has kein Zeit? Wenn du kein Zeit has, warum stehsu dann hier?»
«Ich geh spazieren. Ich komm wieder.»
«Soll ich dir sagn, wann du wiederkomms? Wenn du jetz mitkomms, kommsu wieder.»
Der Passant geht weiter.
Die Frau zu einer anderen:
«Blödmann, der.»
Die andere:
«Ich glaub, ich hab mir 'n Tripper eingefangen. Der Kerl hatte Dreck am Stecken.»
«Dann mussu zum Doktor gehn.»
«Der nimmt mich doch gar nich. Schon wie mich seine Kittelbiene anguckt. Und wenn ja. Dann muß ich vielleicht in den Gonokokkenbunker.»
«Nein. Du gehsu Doktor Haustein. Am Kudamm.»
«Am Kudamm? Spinnst du? Wer soll denn das bezahlen.»
«Umsons. Ich geh auch hin. Jeden Monat. Abstrich machen. Wenn du wills, der macht dir auch 'n Pessar rein.»

«Hast du das?»
«Ja.»

1928. Die Abendgesellschaft im Hause Dr. Haustein, Bregenzer Straße 4, Berlin-Wilmersdorf, ist versammelt. Herr und Frau Haustein, Marta und Lion Feuchtwanger, Christian Schad.
Christian Schad stellt ein Bild, das mit einem Tuch verhüllt ist, auf eine Staffelei.
Hausteins Frau Friedel schenkt Champagner ein.
Christian Schad zieht das Tuch von dem Bild. Es ist das Portrait des Hausherrn.
Hans Haustein tritt vor die Staffelei:
«Das bin ich?»
«Nein», sagt Schad, «das ist ein Abbild von dir. So sehe ich dich.»
Lion Feuchtwanger sagt:
«Superb.»
Niemand sagt, wen der Schatten im Hintergrund darstellt. Alle wissen, es ist der Schatten der Geliebten.
Dr. Haustein zu Feuchtwanger:
«Haben Sie inzwischen den Führerschein gemacht?»
«Ja. Aber der Fahrlehrer hatte seine liebe Not mit mir. Während einer Fahrstunde hat er zu mir gesagt: ‹Herr Feuchtwanger, Sie sind nicht in Ihrer Schreibstube. Sie sind hier auf der Straße. Da muß man ein bißchen mit Köpfchen arbeiten.› Ich gebe zu: Ich fahre nicht gern. Marta macht das besser.»
Marta Feuchtwanger:
«Lion fährt gar nicht so schlecht. Kleine Unfälle gehören dazu. Bei mir auch.»

1932. Die Abendgesellschaft wie immer ausgelassen.
Christian Schad sitzt mit den Hausteins und den Feuchtwangers zusammen.
Unvermittelt sagt Schad:
«Leben wir nicht in trügerischer Sicherheit? Wo man hinsieht, reißen die Antisemiten ihr Maul auf. Beunruhigt euch das nicht?»
Haustein sagt:
«Ich mache meine Arbeit. Ich vertraue auf die Justiz.»
Lion Feuchtwanger:
«Darauf möchte ich nicht allzu sehr vertrauen. Sie wissen es selbst. Professor Gumbel in Heidelberg hat schon vor Jahren geschrieben, daß die Justiz überwiegend rechtsorientiert ist.
Sein Buch ist voriges Jahr wieder aufgelegt worden, mit einem Geleitwort von Einstein.»
Marta Feuchtwanger sagt:
«Die Rechten kommen und gehen. Antisemiten hat es in Deutschland schon immer gegeben.»
Lion Feuchtwanger:
«Wir wollen uns nächstens in Berlin ein Haus kaufen.»
Marta Feuchtwanger:
«Am liebsten im Grunewald.»

Sanary-sur-Mer, Villa Salmer, Sommer 1935

Lion Feuchtwanger sagt zu seiner Frau Marta:
«Meier-Graefe hat mir im Café einen Brief von Christian Schad gegeben.»
«Wer hat ihm den Brief gebracht?»

«Ein junger Mann aus Deutschland.
Er hat zu Meier-Graefe gesagt: ‹Ein Brief von Herrn Schad. Den soll ich Ihnen geben. Er ist für Feuchtwanger bestimmt.›
Der Brief ist ohne Adresse, ohne Absender, ohne Anrede. Aber mit der Unterschrift ‹Chr.›.»
«Ziemlich konspirativ.»
«Um den jungen Mann nicht zu gefährden.»
«Aber die Unterschrift verrät den Absender.»
«Nicht konspirativ genug.»
«Ist der Brief echt?»
«Ich glaube, ja.»
«Was steht drin?»
«Dr. Haustein ist tot. Im Juni dreiunddreißig haben sie ihm die Kassenzulassung entzogen. Er mußte die Praxis schließen. Im Juli verhaftet. Im SA-Gefängnis am Lehrter Bahnhof schwer mißhandelt. Anschließend im Gefängnis Spandau in Einzelhaft. Nach einer Woche entlassen. Am zwölften November dreiunddreißig hat er sich vergiftet.»
«Woher weiß Schad das alles.»
«Schad schreibt, ein Kollege von Haustein hat es ihm erzählt. Dr. Jean Birnbaum. War in Spandau auch eingesperrt.»
«Leichtsinnig, den Namen zu schreiben. Überhaupt nicht konspirativ.»
«Und Schad schreibt, daß er kaum noch malt. Leitet jetzt eine Brauerei.»

Hundeschnauze

Theodor Leutwein, im Sommer 1920 zu Gast bei Berthold Deimling in Baden-Baden, sagte:
«Trotha ist im März gestorben.»
Deimling sagte:
«Erinnern Sie mich nicht an Trotha, dieses Schwein. Er hat den deutschen kolonialen Gedanken irreparabel in Verruf gebracht.»
Leutwein sagte:
«Wir waren auch nicht gerade Engel.»
«Engel, Engel», sagte Deimling, «aber Trotha war der Teufel. Schon in Ostafrika und in China hat er seine Hände mit Blut befleckt. Ich war gegen seine Ernennung zum Oberbefehlshaber und Gouverneur in Deutsch-Südwest. Aber auf mich hat natürlich niemand gehört. Der Kaiser persönlich hat Trothas Ernennung verfügt.»
Leutwein sagte:
«Er war machtgierig und kalt wie Hundeschnauze. So habe ich ihn erlebt.»
Deimling sagte:
«Ein Bluthund in Uniform.»
Leutwein sagte:
«Angenommen, Trotha hätte im Reich über die militärische Macht verfügt, die er in Deutsch-Südwest besaß ...»

Deimling sagte:

«Und man setzte die aufständischen Herero mit der Opposition im Reich gleich.»

Leutwein sagte:

«Dann hätte sein Vernichtungsbefehl an die Schutztruppe für die Opposition bedeutet: ‹Die Oppositionellen sind nicht mehr deutsche Untertanen. Die Opposition muss das Land verlassen. Wenn sie es nicht tut, werde ich sie mit Waffengewalt dazu zwingen. Innerhalb der deutschen Grenze wird jeder Oppositionelle erschossen›.»

Deimling sagte:

«Erschreckend.»

Leutwein sagte:

«Sie wissen, daß sein Erlaß vom Oktober 1904, den er ‹Aufruf an das Volk der Herero› nannte, genau so lautete.»

Deimling sagte:

«Muß ich mir die Zukunft Deutschlands so vorstellen?»

Hinter alten Brettern

Soldaten der Stadtwache führten Christiana Zikhin aus dem Kerker zum Gericht. Sie trug ein schmutzig-graues Hemd, das bis zu den Füßen reichte.
Christiana Zikhin kauerte sich auf die Anklagebank.
Der Richter in roter Robe:
«Wo hat sie das Kind geboren?»
«Im Stall.»
«Wie hat sie dem Kind das Leben genommen?»
Sie habe dem Kind das Genick eingedrückt.
«Was hat sie mit dem toten Kind getan?»
Hinter alten Brettern versteckt, damit die Schweine es nicht fressen.
Der Richter in roter Robe:
«Christiana Zikhin wegen Kindsmord verurteilt zum Tod durch das Schwert.»
Christiana Zikhin schluchzte laut auf.
Soldaten der Stadtwache schleppten sie in den Kerker zurück.
Am 14. August 1582 schlug ihr Meister Franz den Kopf ab und nagelte ihn an den Galgen.

Seltener Dialekt

Das Spracharchiv verfügte über eine große Anzahl von Tonbandaufnahmen, die systematisch in allen Gegenden Ostdeutschlands aufgenommen worden waren.
Die beiden Angestellten des Archivs, B. und K., wollten die Arbeitsräume gerade abschließen, als ein Mann erschien, der sich als Kriminalpolizist ausgab.
Er sagte:
«Ich verfolge zwei junge Verbrecher. Ich hoffe, Sie können mir behilflich sein.»
K. sagte:
«Wieso gerade wir!»
Der Mann sagte:
«Mit dem Spracharchiv. Die Gesuchten haben einem Westkorrespondenten feindliche Sätze ins Mikrophon gesprochen. Die Kriminalpolizei hat die Radiosendung aufgenommen. Die Jugendlichen sprechen einen seltenen Dialekt.
Wir möchten wissen, an welchem Ort genau dieser Dialekt gesprochen wird. Sie können das im Spracharchiv herausfinden.»
B. sagte:
«Ich ziehe es vor, das nicht zu tun. Das Archiv dient sprachwissenschaftlichen Zwecken, nicht der Verfolgung von Oppositionellen durch den Sicherheitsdienst des Staates.»

Der Mann wandte sich abrupt ab. Er schlug mit der Linken auf seine Aktentasche und sagte zu K.:
«Dann werde ich Ihnen den Mitschnitt der Radiosendung geben. Sie finden im Archiv heraus, an welchem Ort der Dialekt dieser Verbrecher gesprochen wird. Es soll Ihr Schaden nicht sein. Und Sie bewahren über den Vorgang strengstes Stillschweigen.»
K. sagte:
«Das kann ich Ihnen gerne versprechen, aber kaum bin ich zu Hause, erzähle ich alles meiner Frau. Ich bin ein notorischer Schwätzer.»
Der Mann sagte:
«Sie beide hören noch von mir.»

Daniil Ivanovič Juvačëv, genannt Danja Charms

Leningrad.
Der Dichter Daniil Ivanovič Juvačëv, genannt Danja Charms, lebte mit seinem Vater Ivan Pavlovič und mit der Familie seiner Schwester Elizaveta Juvačëva Gricyna in einer städtischen Gemeinschaftswohnung, einer Kommunalka, in der Ulica Majakovskogo.
Marina Malič sagt:
«Einmal saß ich bis spät bei ihm im Zimmer. Und plötzlich machte er mir einen Heiratsantrag. Da bin ich über Nacht bei ihm geblieben.»
Am 16. Juli 1934 heirateten Daniil Ivanovič Juvačëv und Marina Malič.
Sie sagt:
«Eine Hochzeitsfeier fand nicht statt. Wir hatten kein Geld, um sie auszurichten. Wir gingen aufs Standesamt, und fertig.»
Im Oktober 1934 zog Marina Malič in die Kommunalka der Juvačëvs.
Sie sagt:
«Sein Zimmer war die Hälfte eines ehedem größeren, in das eine Zwischenwand eingezogen worden war. Unser Teil hatte an die fünfzehn Quadratmeter, bestenfalls.
Und die Wand war keine richtige Wand. Alles, was drüben passierte, war zu hören. Dort lebte eine alte Frau mit ihrer Tochter.

‹Mama, ach Mama!› sprach die Tochter vorwurfsvoll zur Mutter. ‹Jetzt haben Sie schon wieder ins Bett gemacht!›

Im Zimmer dahinter wohnte Danjas Vater. Es war das mittlere – zwischen unserem und dem von Danjas Schwester Lisa.

Vormals hatte die ganze Wohnung den Juvačëvs gehört. Als wir heirateten, hatte man schon eine Kommunalka daraus gemacht.

Danjas und mein Zimmer war – wie gesagt – nur ein halbes.

Vor den Fenstern hatten wir Bettlaken als Vorhänge. Im Zimmer stand ein Sofa. Links an der Wand stand ein Harmonium. Einen Tisch gab es und einen Ofen, der zur Hälfte bei uns stand und zur anderen Hälfte drüben, bei der Alten und ihrer Tochter.

Danjas Vater schrieb immerzu. Leider habe ich nie etwas von ihm gelesen. Doch es hieß, das seien vortreffliche Sachen.

Er starb am 17. Mai 1940 an einer Blutvergiftung.

Nach seinem Tod hat man alle seine Manuskripte abgeholt und in die Kasaner Kathedrale am Newski Prospekt gebracht, ins Museum für Religionsgeschichte.

Als Danja und ich heirateten, sagte er zu mir:

‹Ich würde dir raten, deinen Mädchennamen zu behalten.

Man weiß ja nie, was passiert!

So könntest du sagen: ich habe es kommen sehen und deswegen nicht seinen Namen angenommen ...

Zu deiner Sicherheit solltest du lieber eine Malič bleiben.›

Ich hieß weiterhin Malič.»

Am 22. Juni 1941 überfiel die Hitler-Wehrmacht die Sowjetunion.
Daniil Ivanovič Juvačëvs Schwester Elizaveta verließ Leningrad und fuhr mit ihrem Sohn nach Puschkin/Zarskoje Selo.
Am 23. August 1941 wurde Daniil Ivanovič Juvačëv von der sowjetischen Geheimpolizei verhaftet. Ihm wurde die «Verbreitung defätistischer Propaganda» vorgeworfen.
Bei der Durchsuchung seines Zimmers wurden laut Protokoll
«folgende Gegenstände sichergestellt.
1) Briefe in aufgerissenen Umschlägen, 22 Stck.
2) Notizbücher mit diversen Einträgen, 5 Stck.
   Verschiedene religiöse Bücher, 4 Stck.
3) Ein Buch in Fremdsprache
4) Diverse Korrespondenz, 3 Blatt
5) Ein Lichtbild.»

Marina Malič zog zu Bekannten am Griboedov-Kanal 9.

Im Dezember 1931 war Daniil Ivanovič Juvačëv schon einmal verhaftet worden.
Am 21. März 1932 wurde er zu drei Jahren Lagerhaft verurteilt wegen der «Organisation und Beteiligung an einer illegalen antisowjetischen Vereinigung von Literaten».
Ende Mai 1932 wurde die Strafe in eine dreijährige Verbannung umgewandelt. Er wurde im Juni 1932 aus der Lagerhaft entlassen und in den Verbannungsort Kursk gebracht. Die Verbannung wurde im November 1932 aufgehoben, und Daniil Ivanovič Juvačëv lebte fortan in Leningrad.

Am 23. August 1941, dem Tag seiner zweiten Verhaftung, wurde bei Daniil Ivanovič Juvačëv in einem rechtsmedizinischen Gutachten «Psychose (Schizophrenie?)» diagnostiziert.
Zehn Tage später überstellte man ihn in die Psychiatrische Abteilung des Gefängniskrankenhauses. Der Psychiater Nikolaj Ozerecki erklärte Juvačëv für geisteskrank («Schizophrenie»).
Daniil Ivanovič Juvačëv wurde Ende Oktober wieder ins Gefängnis verlegt. Da das gerichtsmedizinische Gutachten die Schuldunfähigkeit bescheinigt hatte, hätte das Verfahren gegen Juvačëv eingestellt werden müssen.
Aber der Untersuchungsrichter lud eine Agentin des Sicherheitsdienstes als gedungene Zeugin der Anklage vor, die Daniil Ivanovič Juvačëv schwer belastete. Sie behauptete, Juvačëv stehe der kommunistischen Partei und der Sowjetmacht feindselig gegenüber.
Die falschen Aussagen der Geheimagentin machten die Aussicht auf eine Freilassung zunichte.

Am 8. September 1941 schloß die Hitler-Wehrmacht den Belagerungsring um Leningrad.
Das Haus, in dem Daniil Ivanovič Juvačëv und Marina Malič gewohnt hatte, wurde von einer deutschen Bombe getroffen.
Marina berichtete dem Freund ihres Mannes Jakov Druskin, das Haus in der Ulica Majakovskogo sei von einer Bombe getroffen worden.
Druskin, obwohl von Hunger geschwächt, machte sich mit einem kleinen Koffer auf den Weg von seiner Bleibe in der Gatschinska ulica zum Hause in der Ulica Majakovskogo. Dort traf er Marina Malič.

Sie kletterten über Trümmer in das Zimmer von Daniil Ivanovič Juvačëv, das nur teilweise zerstört war. Unter dem Schutt fanden sie über 30 Notizbücher und mehrere Autographen, die zu ihrer großen Verwunderung bei der Verhaftung Juvačëvs am 23. August unentdeckt geblieben waren.
Den kleinen Koffer mit Juvačëvs Archiv trug Druskin zu sich nach Hause.

Ein Kriegstribunal beschloß Anfang Dezember 1941, Daniil Ivanovič Juvačëv gelte angesichts der Tragweite seiner Verbrechen trotz der festgestellten Unzurechnungsfähigkeit als Gefahr für die Allgemeinheit und werde zur Zwangsheilung in eine psychiatrische Heilanstalt eingewiesen.
Mitte Dezember 1941 kam er in die Psychiatrische Abteilung des Leningrader Gefängnisses «Kresty».

Seine Frau Marina Malič erfuhr zunächst nichts über seinen Verbleib. Als sie schließlich seinen Aufenthaltsort erfahren hatte, machte sie sich auf den Weg über die zugefrorene Newa, um ein Päckchen für ihren Mann abzugeben.
Es war der 3. Februar 1942.
Marina Malič sagt:
«Das Päckchen war klitzeklein. Ein Bröckchen Brot.
Ich war mehrere Stunden gegangen. Schleppte mich zum Gefängnis.
Ich klopfte an das Fenster, wo die Päckchen entgegengenommen wurden.
Das Fensterchen ging auf. Ich nannte den Namen – Juvačëv – Charms – und reichte mein Päckchen hinein.

Der Mann drinnen sagte:
‹Treten Sie vom Schalter zurück und warten Sie.›
Dann klappte er das Fenster zu.
Zwei Minuten vergingen oder auch fünf. Dann ging das Fenster wieder auf, und derselbe Mann sprach die Worte: ‹Gestorben am zweiten Februar.›
Und schmiß das Päckchen wieder heraus.»

Daniil Ivanovič Juvačëv – bekannt als Danja Charms – starb im Alter von sechsunddreißig Jahren.

Marina Malič sagt: «Ich habe ihn nie wiedergesehen.»

Deutsch-Ost

Ostberlin 1962.
Otto, Paul und Karl sitzen in ihrer Stammkneipe und trinken Bier.
Otto sagt:
«Deutsch-Ost ist eine Kolonie.»
«Richtig», sagt Paul.
«Sag das nicht so laut», sagt Karl.
«Das kann jeder hören», sagt Otto.
Otto sagt:
«Der Plattkopf mit dem spitzen Bart ist der Gouverneur.»
«Vorsicht», sagt Karl.
Otto sagt:
«Aufstände schlagen die russischen Kolonialtruppen nieder.»
Paul sagt:
«Wie General Trotha in Deutsch-Südwest.»
Otto sagt:
«Siehe 17. Juni.»
Paul sagt:
«Wir sind die Hereros in Deutsch-Ost.»
«Prost», sagt Karl.

Nach und nach

Nikolai Karamsin, auf seiner Reise durch Europa, fuhr in der öffentlichen Postkutsche, die mit gelbem Tuch ausgeschlagen war, von Meißen nach Leipzig. Der Schaffner hatte ihm einen Platz am Fenster zugewiesen, damit er die schönen Ansichten genießen könne.
Die Reisegesellschaft bestand aus zwei ansehnlichen Frauenzimmern, die schwarze Hüte trugen, einem alten Dorfprediger mit fuchsroter Perücke, einem Kaufmann und zwei Studenten, der eine aus Leipzig, der andere aus Prag.
Der Student fragte ihn, ob er verheiratet sei.
Karamsin:
«Nein.»
Der Student:
«Auf dem Grabe meines Freundes, den die unglückliche Liebe zu einem flatterhaften Mädchen unter die Erde brachte, habe ich geschworen, dies gefährliche Geschlecht zu fliehen und ewig unverheiratet zu bleiben. Die Wissenschaften füllen meine ganze Seele, und ich danke dem Himmel, daß ich mein Glück in mir selbst finde.»
Karamsin:
«Desto besser für Sie.»

Am 14. Juli 1789 nachmittags um vier Uhr kam die Kutsche in Leipzig an.

Karamsin stieg bei Memel, gegenüber dem Posthaus, ab.
Herr Memel gab ihm ein reinliches, helles Zimmer.
Memel:
«Alle, die bei mir gewohnt haben, sind mit mir zufrieden gewesen.
Ich besitze einen guten Ruf, und mein Gewissen ist rein.
Wer ein gutes Gewissen hat, der ist glücklich; er fürchtet nichts, er erblaßt vor nichts.»
In diesem Augenblick habe es gewaltig gedonnert, und Herr Memel sei blaß geworden wie der Tod.
Karamsin:
«Was fehlt Ihnen?»
Memel:
«Nichts. Aber man muß die Fenster schließen.»
Karamsin blieb bis zum Abendessen auf seinem Zimmer.
Bei Tisch sei er mit einem Herrn von Kleist, ehemals Geheimer Rat in preußischen Diensten, bekannt geworden.
Unangenehme Umstände hätten ihn genötigt, Preußen zu verlassen. Jetzt lebe er hier in philosophischer Ruhe.

Am nächsten Vormittag wanderte Karamsin durch Leipzig.
Er schrieb:
Die Lage Dresdens sei herrlich, die Lage Leipzigs artig. Man könne Dresden mit einem Frauenzimmer vergleichen, bei welchem jeder auf den ersten Blick ausrufe: Was für eine Schönheit! Leipzig sei einem Mädchen gleich, das jedermann gefalle, aber nur nach und nach.
In Leipzig seien die Häuser ebenso hoch wie in Dresden: größtenteils vier Stockwerke. Die Straßen nicht breit, so daß man nicht viel in Kutschen fahre; andernfalls be-

stünde die Gefahr, unter die Räder zu kommen. Keine deutsche Stadt sei so volkreich wie Leipzig, infolge des Handels und der Universität.
Unter den Leipziger Gelehrten sei keiner so berühmt wie der Professor Platner, ein Philosoph, der die Wahrheit in allen Systemen suche und sich an keines binde.

Karamsin hatte Lust, Professor Platner persönlich kennenzulernen, und so ging er zu ihm.
Platner:
«Ich bin jetzt beschäftigt. Seien Sie so gütig, morgen um diese Zeit wiederzukommen.»
Karamsin empfahl sich und spazierte in den öffentlichen Gärten umher.
Im Wendlerischen Garten habe er sich das Monument Gellerts besehen. Bei dem Blick auf dieses Denkmal sei er an die glücklichen Zeiten seiner Kindheit erinnert worden, da Gellerts Fabeln fast seine ganze Bibliothek ausgemacht hätten.

Am nächsten Vormittag besuchte Karamsin die ästhetische Vorlesung von Professor Platner.
Der Saal sei mit Zuhörern so vollgepfropft gewesen, daß kein Apfel zur Erde habe fallen können. Es sei ihm kaum noch Platz unter der Tür geblieben. Nicht das geringste Geräusch habe die Stimme Platners verhindert, sich im ganzen Saal auszubreiten.
Professor Platner habe vom großen Geist oder vom Genie gesprochen. Man bemerke in allem, was ein großer Mann unternehme, einen besonderen Enthusiasmus, welcher die Taten des Genies vor den Unternehmungen gemeiner Menschen beseele und auszeichne.

Professor Platner spreche so unbefangen, als sei er in seinem Kabinett, und deswegen gefalle er so. Kein Professor in Leipzig werde von den Studenten so geliebt wie Platner.

Als er das Katheder verlassen habe, hätten sie ihm wie einem König einen Weg bis zur Tür freigemacht.

An der Tür sagte Professor Platner zu Karamsin: «Hätt ich's gewußt, daß Sie kommen würden, so hätte ich Ihnen einen Platz freigehalten.»

Am nächsten Tag seines Aufenthaltes in Leipzig ging Karamsin mit dem jungen Gelehrten B. im Rosental spazieren.

B. erzählte ihm von dem berüchtigten Schröpfer.

Lange Zeit sei Schröpfer Kellner in einem Kaffeehaus gewesen, und kein Mensch habe etwas Außerordentliches an ihm bemerkt.

Plötzlich sei er verschwunden und erst nach Tagen wieder in Leipzig erschienen. Er habe ein großes Haus gemietet, eine Menge Bedienstete angenommen und sich für einen Weisen ausgegeben, dem die Natur und die Geister untertan wären. Oft seien große Pakete «An den Baron Schröpfer» gekommen, und die Banken hätten Aufträge gehabt, ihm große Summen auszuzahlen. Seine Kunststücke habe er nur bei sich zu Hause gezeigt, in besonders eingerichteten Zimmern.

Eines Tages sei ein gewisser M. mit einigen Freunden zu Schröpfer gegangen, um dessen Geisterbannereien zu sehen. Sie hätten schon eine Menge Leute vorgefunden, denen unaufhörlich Punsch gereicht worden sei.

Endlich habe man die Leute in einen mit schwarzem Tuch ausgeschlagenen Saal geführt, dessen Fensterläden

geschlossen gewesen seien. Einige Schritte vor den Leuten habe ein kleiner Altar mit einem Spiritusbrenner gestanden, der einzigen Beleuchtung im Saal.
Mit entblößter Brust, ein Schwert in der Hand, sei Schröpfer vor dem Altar auf die Knie gefallen. Er habe inbrünstig gebetet, es möge doch der Schatten eines unlängst verstorbenen, sehr bekannten Mannes erscheinen.
Nach einem Donnerschlag sei über dem Altar Rauch aufgestiegen, der die Gestalt eines Mannes zu bilden schien, aber M. hätte keine Ähnlichkeit mit dem bekannten Verstorbenen bemerkt.
Die Zuschauer seien anschließend in einen Nebenraum geführt und mit frischen Früchten bewirtet worden.
Eines Tages sei Schröpfer mehreren Kaufleuten große Summen schuldig gewesen, und die Bankiers hätten ihm keinen Groschen mehr gegeben. Da habe sich der Geisterseher im Rosental eine Kugel durch den Kopf gejagt.

Nikolai Karamsin hatte genug gesehen und gehört.
Am Nachmittag des 17. Juli verließ er Leipzig. Bis Buttelstädt fuhr er in der öffentlichen Kutsche, von Buttelstädt nach Weimar mit der Extrapost.

Der Todesengel

An einem sonnigen Morgen im August packte die achtzigjährige Lydia ein Köfferchen und machte sich auf den Weg.
Ihr Nachbar, der das Trottoir fegte, fragte sie:
«Wohin gehst du.»
«Ins Krankenhaus, sterben.»
Acht Tage später kam Lydia zurück. Sie hatte sich bestens erholt.
Ihr Nachbar sagte:
«Du siehst aus, als wärst du in den Sommerferien gewesen. Im Krankenhaus?»
Lydia sagte:
«Ja. Sommerferien im Krankenhaus.»

Jedes Jahr an einem sonnigen Morgen im August ging Lydia ins Krankenhaus sterben.
Aber als sie neunzig war, kam sie nicht mehr erholt zurück.
Sie mußte im Krankenhaus bleiben.
Ihr Nachbar besuchte sie.
Er sagte:
«Ich hab vor deiner Zimmertür den Todesengel getroffen.»
Lydia sagte:
«Bist du verrückt?»

«Der Todesengel hat gesagt: ‹Seit zehn Jahren wollte sie zu mir kommen.
Aber nie ist sie gekommen.
Jetzt will ich sie auch nicht mehr›.»

Kurort

1.

Die Rote Armee besetzte am 25. April 1945 den märkischen Kurort Bad Saarow am Scharmützelsee.
Drei Tage später brachen zwei betrunkene Rotarmisten in die Villa des Schauspielers Harry Liedtke ein.
Sie fielen über Liedtkes Frau Christa Tordy her.
Liedtke versuchte, seine Frau zu schützen.
Die Rotarmisten schlugen ihm mit einer Bierflasche den Schädel ein.
Sie vergewaltigten seine Frau und erschossen sie.

2.

Die Rote Armee besetzte am 25. April 1945 den märkischen Kurort Bad Saarow am Scharmützelsee.
Drei Tage später brachen zwei betrunkene Rotarmisten in die Villa des Schauspielers Harry Liedtke ein.
Liedtke saß mit seiner Frau Christa Tordy im Wohnzimmer.
Als er hörte, daß die Eingangstür zersplitterte, nahm er sein Jagdgewehr von der Wand und legte es vor seinem Sessel auf den Teppich.
Die Rotarmisten packten seine Frau.

Liedtke hob sein Gewehr auf und erschoß die Rotarmisten.

Liedtkes Nachbar Dr. Witting hatte die Schüsse gehört.
Er lief zu Liedtkes Haus.
Er sagte:
«Ihr müßt Eure Papiere vernichten und sofort verschwinden.»

Bina Tenenblat

Die Jüdin Bina Tenenblat wurde 1928 in der westukrainischen Stadt Kamjanez-Podilskyi geboren. Damals hieß die Stadt Kamanez-Podolski.
In der Stadt lebten Ukrainer, Polen, Armenier und Juden.
Als die Stadt 1941 von der deutschen Wehrmacht besetzt wurde, war Bina Tenenblat dreizehn Jahre alt.
Am 27. August 1941 wurden Tausende von Juden, unter ihnen die Familie Tenenblat, in einer langen Marschkolonne aus der Stadt gebracht.
Bina Tenenblat sagt:
«Wir gingen und gingen und wußten nicht, wohin. Die Kolonne erreichte eine hügelige Gegend. Bombentrichter. Bewaffnete Deutsche. Munitionskisten.»
Die Deutschen bildeten ein Spalier, durch das die Juden laufen mußten.
Bina Tenenblat sagt:
«In diesem Moment verlor ich meine Eltern aus den Augen. Meinen kleinen Bruder hielt ich an der Hand. Auf einmal sah ich meine Tante mit ihren drei Kindern, zwei Töchtern und einem Sohn. Ich rannte mit meinem Bruder zu ihnen. Zu den Deutschen sagte ich, das sei meine Mutter. Die Deutschen schoben uns zur Seite.
Meine Tante sagte:

‹Sag nicht, daß ich deine Mutter bin. Es ist alles dokumentiert.›
Sie sagte:
‹Sag, daß du keine Jüdin bist. Daß du irrtümlich hierher gebracht wurdest.›
Ich sah, wie die Leute zu den Bombentrichtern getrieben wurden.
Sie mußten sich auf den Boden der Trichter legen. Die Deutschen schossen ihnen in den Kopf. Die nächsten mußten sich auf die Toten legen. Manche wurden erschossen, während sie gerade noch am Trichterrand standen. Manche lebten noch nach dem Schuß. Sie wurden lebendig mit Erde bedeckt.
Ich ging zu einem deutschen Offizier und sagte:
‹Meine Eltern sind auch hier. Sie sind keine Juden.›
Er sagte:
‹Zeig sie mir.›
Ich suchte die Kolonne ab, aber meine Eltern sah ich nicht.
Ich wollte weg, aber sie ließen mich nicht.
Die Deutschen schlugen mit Gummiknüppeln auf jeden ein, der zu fliehen versuchte.
Da tauchte der Offizier auf.
Ich sagte:
‹Ich bin keine Jüdin.›
Offenbar glaubte er mir. Er schob mich an die Seite.
Ich sah meinen Vater, der meine Schwester an der Hand hielt. Wahrscheinlich hatten die Deutschen seine Münzen gefunden und hatten ihm befohlen, sich auszuziehen. Er trug nur Unterwäsche. Diesen Anblick kann ich nicht vergessen.
Dann sah ich meine Mutter. Die Deutschen schoben sie

an den Trichterrand. Halb wahnsinnig vor Angst packte ich die Hand des Offiziers, rannte los und schrie: ‹Mutter, was machst du hier! Du bist keine Jüdin!› Ich nahm ihre Hand und zog sie beiseite.
Ich mußte mit ansehen, wie sie meinen Onkel und seine beiden Söhne erschossen.
Und da war dieser arme Junge. Er sagte:
‹Ich bin kein Jude.›
Ich weiß nicht, ob die Deutschen ihn verstanden.»

Binnen zwei Tagen ermordeten die Deutschen über 23 000 Juden. Es war bis dahin der größte Massenmord der Nazis an Juden. Sie stammten aus Kamanez-Podolski und aus Ungarn, von wo sie nach Kamanez-Podolski deportiert worden waren.
Die Mörder waren dreißig Männer der SS, des SD und des Polizeibataillons 320.
Bina Tenenblat konnte glaubhaft machen, daß sie und ihre Angehörigen keine Juden seien.
Bina Tenenblat sagt:
«Am Abend konnten wir weg. Wir liefen zu dem Krankenhaus, in dem mein Onkel gearbeitet hatte. Wir fanden ein Zimmer, wo wir die Nacht zubrachten.»

Danach schlug sich Bina Tenenblat unter falschem Namen bei ukrainischen Bauern durch.
Sie war die einzige ihrer Familie, die den Krieg überlebte.

Zahltag

Karl Riegel erwacht mitten in der Nacht von Stimmengewirr auf dem Hinterhof. Er öffnet das Fenster.
Auf dem Hof vier Gestalten. Drei in dunkler Kleidung. Einer in Feuerwehrkluft macht sich am Fenster einer Erdgeschoßwohnung zu schaffen.
Die anderen reden.
Karl Riegel ruft:
«Was macht ihr da. Ich rufe sofort die Polizei!»
«Keine Sorge! Die Polizei sind wir selber!»
«Was ist los?»
«In der Wohnung unten ist etwas nicht in Ordnung.»
«Und was? Brennt es?»
«Nein. Beruhigen Sie sich.»
Von der Hoftür eine Stimme:
«Kommt rein. Der Wohnungsschlüssel ist da.»
Die vier Männer verschwinden im Haus.
Die Sache läßt Karl Riegel keine Ruhe. Er zieht sich an und geht hinunter.
Vor der Wohnungstür unten steht ein Polizist.
Karl Riegel sagt:
«Was ist.»
Der Polizist:
«Das darf ich Ihnen nicht sagen. In der Wohnung liegt ein toter Mann.»
«Haben Sie die Tür aufgebrochen?»

«Die Freundin des Mannes hat einen zweiten Wohnungsschlüssel gebracht.»
«Wieso.»
«Sie hatte uns angerufen, weil der Mann nicht ans Telefon gegangen ist.»

Später war zu erfahren:
Der Mann war der Chef einer Bautruppe, die in der Nachbarschaft auf einem Neubau arbeitete. Die Baufirma hatte die Wohnung für ihn gemietet. Der Chef sollte am fraglichen Tag Löhne auszahlen. Ein Bauarbeiter kam in die Wohnung, erschlug den Chef und verschwand mit den Lohngeldern.

Was hat Charlie gesagt

Charlie hat gesagt:
«Der Werner? Warn Freund. Hat noch mal geheiratet. 'ne ganz junge.
Der Werner is mal verreist. Hab ich die Kleine zum Essen eingeladen. Beim Italiener. Hab sie nach Hause gebracht und mit ihr gepennt.
Die dumme Gans hats ihm gesagt.
Stand der Werner mit nem schweren Hammer vor mein'm Fenster und hat gebrüllt:
‹Komm raus, du Sau. Ich schlag dir die Fresse ein.›
Ich die Polizei angerufen.
Der Werner knallt den Hammer in mein Fenster. Überall Splitter. Der Hammer aufm Sessel.
Die Polizei tatütata.
Is der Werner abgehauen.»

Monsieur Tara

Maksym Tarasyuk stammte aus der ukrainischen Stadt Kolomya. Er hatte Koch gelernt. Nach dem Krieg war er auf gefährlichen Wegen nach Frankreich gelangt. Frankreich war seit jeher sein Traumziel gewesen. Er hatte immer von der französischen Küche geträumt.
In Frankreich arbeitete er in Paris, in Lyon, zuletzt in Montelimar. Dort erfuhr er, daß im nahegelegenen La Begude de Mazenc ein Bistro zu kaufen sei.
Maksym Tarasyuk war sechzig Jahre alt. Er sprach Französisch mit ukrainischem Akzent, und er hatte genügend Geld gespart. Er kaufte das Bistro und zog nach La Begude.
Die Gäste nannten ihn Monsieur Tara, seine Freunde durften ihn Maxim nennen. Einer seiner engsten Freunde war der Bürgermeister. Nachmittags standen sie oft am Tresen beisammen. Sie erörterten die Weltlage und die Neuigkeiten von La Begude.
An einem heißen Sommertag betrat ein Fremder das Bistro. Er setzte sich an einen Tisch neben der Tür.
Maksym Tarasyuk starrte den Mann an.
Der Bürgermeister, leise:
«Das ist ein bekannter Journalist aus der Bundesrepublik. Er hat sich bei uns eine Ferienwohnung gekauft. Peter Grubbe heißt er.»
Maksym Tarasyuk, leise:

«Grubbe? Nein. Ich kenne den Kerl aus Kolomya. Das ist Klaus Volkmann. Er war während der deutschen Besetzung Kreishauptmann. Ein widerliches SS-Schwein. Organisierte in Kolomya die Deportation der Juden. Es hieß, sie kommen nach Belzec. Jeder konnte sehen, daß er Juden ins Gesicht schlug, wenn sie nicht schnell genug in die Viehwaggons kletterten. Den zeige ich an.»
Der Bürgermeister, leise:
«Das haben bestimmt schon andere getan.»
Maksym Tarasyuk, leise:
«Offenbar vergeblich.»
Der Fremde stand auf, kam zur Theke und sagte:
«Ein Bier bitte.»
«Nicht von mir, Herr Kreishauptmann», sagte Maksym Tarasyuk laut.

Freesien

Im Congreß-Centrum soll eine Veranstaltung stattfinden: Information über den Stand der Dinge. Der Gesundheitsminister werde sprechen. Und der Chef des Seucheninstituts.
Das Publikum werde gebeten, die Hygiene-Regeln zu beachten: Gesichtsmasken tragen, Abstand halten.
Herr Schleuzenberger will die Veranstaltung besuchen. Eine Gesichtsmaske hat er in der Hosentasche.
In welchem Saal findet die Veranstaltung statt?
Das fragen sich die Leute im Foyer des Congreß-Centrums.
Nicht alle tragen eine Gesichtsmaske.
Herr Schleuzenberger setzt seine Maske auf.
Endlich hört man aus Lautsprechern, in welchem Saal die Veranstaltung stattfindet. Es ist bald soweit.
Herr Schleuzenberger will sich beeilen.
Wo geht es in den großen Veranstaltungssaal?
Er folgt einer größeren Menge.
An den Saaleingängen stehen uniformierte Mitarbeiter des Congreß-Centrums.
Sie halten Leute an, die keine Maske tragen.
«Setzen Sie Ihre Maske auf.»
Jemand sagt:
«Ich hab keine.»
«Dann dürfen Sie nicht in den Saal!»

Herr Schleuzenberger setzt sich in die dritte Reihe. Links und rechts von ihm die Plätze sind frei. Den kleinen Blumenstrauß, den er vor dem Congreß-Centrum noch schnell für sein Wohnzimmer gekauft hat, legt er unter den Sitz.

Da setzt sich in der zweiten Reihe direkt vor ihm ein alter Mann hin.

‹Nein›, denkt Herr Schleuzenberger, ‹der Abstand ist zu gering›.

Er steht auf und setzt sich in die vierte Reihe. Links und rechts vor ihm die Plätze sind frei. In der dritten Reihe vor ihm sitzt niemand.

Herr Schleuzenberger legt seinen Spazierstock unter seinen Sitz.

Da setzt sich links von ihm eine vollbusige Frau mit Maske hin.

Herr Schleuzenberger könnte auf den Platz rechts von ihm ausweichen, aber auf dem übernächsten Platz sitzt jemand.

Er blickt sich um. Nirgends sieht er noch freie Plätze ohne Nachbarn.

Notgedrungen bleibt er sitzen.

Die Vollbusige sagt:

«Wann geht es endlich los!»

Herr Schleuzenberger sagt:

«Ich hab meine Blumen vergessen.»

Er steht auf, geht in der dritten Reihe zu dem Platz, auf dem er gesessen hat, und sagt zu dem Mann:

«Entschuldigen Sie, unter dem Sitz liegt mein Blumenstrauß.»

Der Mann greift unter den Sitz und gibt Herrn Schleuzenberger seinen Blumenstrauß.

Da es nirgends noch freie Plätze ohne Nachbarn gibt, setzt er sich wieder neben die vollbusige Frau.
Er hält ihr den Blumenstrauß vors Gesicht, sagt:
«Freesien. Riechen gut.»
Die Frau zieht die Maske von der Nase, sagt:
«Riechen gut. Freesien.»
Herr Schleuzenberger sagt:
«Die schenk ich Ihnen.»
Die Frau:
«Aber wieso denn. Sehr nett.»
Herr Schleuzenberger steht auf und geht aus dem Saal.
Auf der Straße sagt er:
«Ich hab meinen Spazierstock vergessen.»

Trotzdem

Herr Stanisław Kaczmarek ging mit seiner Frau Małgorźata im Tiergarten spazieren. Den Zwillingskinderwagen schob Herr Kaczmarek.
Es kamen ihnen zwei ältere Damen entgegen.
Die Damen blieben stehen, Herr Kaczmarek und seine Frau blieben stehen.
Die eine Dame sagte:
«Süß! Sind es eineiige oder zweieiige Zwillinge.»
Herr Kaczmarek sagte:
«Der eine ist ein Mädchen. Der andere hat zwei Eier.»
Die Dame sagte:
«Sind Sie Deutscher?»
«Nein», sagte Herr Kaczmarek.
«Na», sagte die andere Dame. «Wir wünschen Ihnen trotzdem alles Gute.»

Der Sandwich-Insulaner

Am 14. September 1824 lief das Schiff «Mentor» in Swinemünde ein.
Das Schiff unter Kapitän Harmssen hatte die erste Weltumsegelung im Auftrag der Preußischen Seehandlung hinter sich gebracht.
Außer der Ladung, darunter 5000 Kisten Tee, brachte das Schiff einen etwa sechzehnjährigen Polynesier mit, der sich Harry nannte. Er trug den Spitznamen Maitey – was «gut» oder «brav» bedeutet, den die Deutschen als Familiennamen auffaßten. In Wirklichkeit hieß er mit Nachnamen Kaparena.
Maitey hatte in Honolulu darum gebeten, auf der «Mentor» mitfahren zu dürfen. Er war Vollwaise, und so nahm man ihn mit.
Seit der Umwandlung der Preußischen Seehandlung in ein staatliches Geld- und Handelsinstitut 1820 war Christian Rother Königlicher Commissarius und Chef der Seehandlungs-Gesellschaft.
Kapitän Harmssen berichtete Rother noch aus Swinemünde, er habe einen jungen Sandwich-Insulaner mitgebracht.
James Cook, der auf seiner dritten Pazifikreise die Hawaii-Inseln entdeckte, hatte sie nach dem Earl of Sandwich benannt.
Christian Rother bat König Friedrich Wilhelm III. am

22. September 1824 in einer «Acta, den durch das Seehandlungs-Schiff Mentor mitgebrachten Sandwich-Insulaner Harry Maitey betreffend», um eine Entscheidung, was mit Maitey geschehen solle.
Der König ließ sich Zeit.
Christian Rother nahm Maitey in seine Dienstwohnung auf, die im 2. Stock des Seehandlungs-Gebäudes in der Jägerstraße, Ecke Gendarmenmarkt lag.
Am 15. Oktober 1924 schrieb der Berater des Königs, Kabinettsrat Albrecht, an Christian Rother: «Wegen des Sandwich-Insulaners soll ich mit Ihnen Rücksprache nehmen, ... wie und wo er behufs seines Unterrichts in deutscher Sprache und im Christentum unterzubringen sey».
Präsident Rother behielt Maitey in seiner Wohnung.
Maitey befreundete sich mit Rothers Sohn, half im Haushalt, und in den Ferien durfte er mit der Familie ins schlesische Rogau fahren, auf Rothers Gut.
Rother bildete Maitey als Tischdiener aus; er hoffte, ihm eine Anstellung bei Hofe verschaffen zu können. Zuerst aber mußte Maitey Deutsch- und Religionsunterricht erhalten.
Er sollte getauft und konfirmiert werden.
Rother schickte Maitey jeden Tag zum Unterricht in das «Erziehungshaus vor dem Halleschen Tor».
Im März 1827, nachdem Maitey schon zweieinhalb Jahre in Rothers Familie gelebt hatte, fragte Rother an, ob der König Maiteys Annahme als Diener bei Hofe zu befehlen geruhe.
Friedrich Wilhelm III. antwortete: «... will Ich erst nach Taufe und Einsegnung des Sandwich-Insulaners ... disponieren, und soll bis dahin der Unterricht desselben

in ... der deutschen Sprache und in der Religion fortgesetzt werden ...»
Aber Maiteys Deutschkenntnisse und sein Verständnis für den christlichen Glauben ließen zu wünschen übrig.
Christian Rother gewann als Lehrer für den Nachhilfeunterricht in Deutsch sage und schreibe Wilhelm von Humboldt. Es wird vermutet, daß Humboldt mehr an Maiteys Muttersprache als am Nachhilfeunterricht interessiert war. Humboldt verfaßte ein Wörterverzeichnis der Sandwich-Inseln, in welchem er sich ausdrücklich auf Maitey beruft.
Im Sommer 1827 wurde Maitey in das Internat des «Erziehungshauses vor dem Halleschen Tor» gesteckt, und dort blieb er. Seine Hoffnung, in Rothers Haushalt zurückkehren zu können, erfüllte sich nicht.
Endlich, am 23. April 1830, wurde Maitey im Deutschen Dom am Gendarmenmarkt getauft und konfirmiert. Einer seiner Paten war Christian Rother. Maitey erhielt den Vornamen Heinrich Wilhelm. Mittlerweile war Maitey dreiundzwanzig Jahre alt. Zwar stellte Hofrat Bußler, der Maitey examinieren mußte, bedauernd fest, Maitey sei für eine Stellung bei Hofe nicht geeignet. Aber er fand es passend, Maitey auf der königlichen Pfaueninsel zu beschäftigen. So wurde Maitey im Sommer 1830 auf der Pfaueninsel Assistent des Maschinenmeisters Fröhlich und gehörte nun zum königlichen Personal. Unterkunft fand er im Hause des Ehepaars Fröhlich.
Auf der Pfaueninsel verliebte Maitey sich in die sechzehnjährige Tochter Dorothea des Tierpflegers Becker.

Für die Heirat bedurfte es eines königlichen Heirats-Consenses, aber Maitey bekam auf seine Gesuche keine Antwort. So bat er im Frühjahr 1833 Christian Rother um Hilfe.
Rother erreichte es, daß Maitey den Heirats-Consens und 50 Taler Quartiergeld erhielt. Am 23. August 1833 fand in der Kirche von Stolpe die Hochzeit statt.
Das junge Paar wohnte fortan in Klein-Glienicke.
Seinen Arbeitsplatz auf der Pfaueninsel behielt Maitey.
Das Ehepaar Maitey hatte drei Kinder; zwei – eine Tochter und ein Sohn – starben im Kindesalter. Der zweite Sohn, Eduard, geboren 1839, wurde 67 Jahre alt.
Heinrich Wilhelm Maitey starb 1872 mit 64 Jahren.
Er wurde auf dem Friedhof St. Peter und Paul auf Nikolskoe bestattet.
Seine Frau Dorothea überlebte ihn um siebzehn Jahre und wurde neben ihm beigesetzt.
Auf dem Grabstein steht:

Hier ruhet in Gott
Der Sandwich-Insulaner Maitey 1872.
Frau Dorothea Maitey geb. Becker 1889.

Kernseife

Lesekreis «Das gute Buch»

An die Leitung der VHS Weilburg

Sehr geehrte Damen und Herren!

Unser Lesekreis «Das gute Buch» hat in der VHS Weilburg eine Schriftsteller-Lesung besucht.
Wir hatten gemeint, wenn die VHS zu einer Schriftsteller-Lesung einlädt, können wir an der Veranstaltung ohne Bedenken teilnehmen.
Der Schriftsteller las jedoch aus einem derartig degoutanten Buch vor, daß wir der VHS bei der Wahl zukünftiger Vortragender eine glücklichere Hand wünschen müssen.
Im Buch wimmelt es von unanständigen Ausdrücken («pissen», «furzen», «scheißen», «Fotze», «Titten», «Schwanz», «Eier», «Arschloch», «ficken»). Es besteht unseres Erachtens kein Zweifel, daß dieses Buch zu den Schund- und Schmutzschriften gehört, die eine Volksverwüstung schlimmster Art herbeiführen.
Nach der Lesung brachten mehrere Damen unseres Lesekreises ihre Empörung zum Ausdruck.
Der Autor erwiderte, er selbst benutze die unanständigen Wörter nicht; es handle sich um Figurensprache.

Ein uns unbekannter Zuhörer bemerkte, er sei zwei Jahre bei der Bundeswehr gewesen, und unter Soldaten seien die genannten Ausdrücke Usus.

Die scheinliterarische Begründung (Figurensprache) und die sogenannte sprachwirkliche Bemerkung (Soldaten-Usus) stellen nur den untauglichen Versuch dar, schlimmste Sprachverhunzungen als harmlos zu rechtfertigen. Wer solche Ausdrücke in den Mund nimmt ... Man sollte den Mund des Herrn Schriftstellers mit Kernseife auswaschen.

Anmerkungen

Karl Ditters
Nach Ditters von Dittersdorf, Lebensbeschreibung. Seinem Sohne in die Feder diktiert. Hrsg. Norbert Miller. München 1967

Mit Erde
Hinrichtungen und Leibstrafen. Das Tagebuch des Nürnberger Henkers Franz Schmidt. 3. A. 2020
Nach Karlheinz Brumme, Elend-Chronik eines Harzdörfchens unterm Brocken (1991), und Kurt Reitmann, Mückenheims Tod im Elend (2010)

Doppelt
Frank Kallensee: Halb Lüge und halb Wahrheit. Die Doppelkarriere des Schriftstellers Herbert Scurla. In: Die Dritte Front. Literatur in Brandenburg 1930–1950. Hrsg. Peter Walther. Berlin 2004.
Der Scurla-Bericht. Bericht des Oberregierungsrates Dr. rer. pol. Herbert Scurla von der Auslandsabteilung des Reichserziehungsministeriums in Berlin über seine Dienstreise nach Ankara und Istanbul vom 11.–25. Mai 1939: ‹Die Tätigkeit deutscher Hochschullehrer an türkischen wissenschaftlichen Hochschulen›. Herausgegeben und eingeleitet von Klaus-Detlev Grothusen (Hamburg). Frankfurt/Main 1987

Armenkönig
s. Anmerkung «Mit Erde», Karlheinz Brumm und Kurt Reitmann

Kurzfassung
Theodor Lessing, Haarmann. Die Geschichte eines Werwolfs. Berlin 1925. Neuausgabe Berlin 2019

Der Duft der Kiefern
Gustav Hochstetter: Maruschka, Braut Gelibbtes! Briefe aus «Debberitz». Mit Bildern von Walter Trier. Berlin 1915
Gustav Hochstetter und Dr. Georg Zehden: Mit Hörrohr und Spritze. Neue Ausgabe. Berlin 1921

Ein Apotheker
William Erhart war von 1929 bis 1940 Vorsitzender des Aufsichtsrates.
Während des Zweiten Weltkrieges stellte Pfizer vor allem synthetische Zitronensäure und Penicillin her.
Im Jahr 2009 verzeichnete Pfizer einen Umsatz von mehr als fünfzig Milliarden US-Dollar.
Die Erfindung des Wirkstoffes Sildenafil, das 1998 als Viagra zur Behandlung der erektiven Dysfunktion auf den Markt kam, sicherte Pfizer 2012 einen Umsatz von zwei Milliarden US-Dolllar.
Ab 2020 kooperierte die deutsche Firma BioNTech, deren Leiter Uğur Şahin und Özlem Türeci den Impfstoff BNT 162 b2 gegen das Corona-Virus SARS-CoV-2 entwickelten, mit dem Pfizer-Konzern, der die aufwendigen klinischen Tests für die Zulassung durchführte und finan-

zierte.

Zwo Knäblein
s. Anmerkung zu «Mit Erde», Hinrichtungen und Leibstrafen

Hundeschnauze
Theodor Leutwein (1849–1921), seit 1895 Kommandeur der Kaiserlichen Schutztruppe und seit 1898 Gouverneur von Deutsch-Südwestafrika.
Lothar von Trotha (1848–1920), seit 1904 Kommandeur der Kaiserlichen Schutztruppe und Gouverneur von Deutsch-Südwestafrika. Abberufung 1905
Friedrich von Lindequist (1862–1945), 1905 in der Nachfolge Lothar von Trothas Gouverneur von Deutsch-Südwestafrika bis 1908
Berthold Deimling (1853–1944), 1906 in der Nachfolge Lothar von Trothas Kommandeur der Kaiserlichen Schutztruppe in Deutsch-Südwestafrika.

Hinter alten Brettern
s. Anmerkung zu «Mit Erde», Hinrichtungen und Leibstrafen

Daniil Ivanovič Juvačëv, genannt Danja Charms
Der Text folgt der wissenschaftlichen Transkription. Gudrun Lehmann: Fallen und Verschwinden. Daniil Charms – Leben und Werk, Wuppertal 2010, und Marina Durnowo: Mein Leben mit Daniil Charms. Aus Gesprächen zusammengestellt von Vladimir Glozer, Berlin 2010
Jakov Druskin verstaute später in dem Koffer noch die

Handschriften Juvačëvs, die dessen Schwester in ihrer früheren Wohnung gefunden hatte.

In Druskins Koffer kam der größte Teil von Juvačëvs Nachlaß zusammen. Druskin, der aus Leningrad evakuiert wurde, behielt den Koffer immer bei sich. Zuletzt blieb er unter einem Haufen alter Bücher im Flur von Druskins nächster Leningrader Kommunalka verborgen.

In den fünfziger Jahren sichtete Jakov Druskin den Nachlaß Juvačëvs. Er gewährte zwei Leningrader Literaturwissenschaftlern Einblick. Ihre Versuche, Juvačëv in der Sowjetunion zu veröffentlichen, schlugen fehl.

Nun gab Druskin Teile des Archivs für Samizdat und ausländische Übersetzungen frei.

Erst ab 1962 erschienen Texte von Juvačëv, genannt Danja Charms, auf dem sowjetischen Buchmarkt. Aber er durfte aus politisch-ideologischen Gründen nur als Kinderbuchautor veröffentlicht werden.

Die Rezeption Juvačëvs als Schriftsteller für Erwachsene begann in der Sowjetunion ab 1965.

Jakov Druskin vertraute den Nachlaß Juvačëvs ab 1978 der Staatlichen Russischen Nationalbibliothek an (ehemals Öffentliche Bibliothek Saltykov-Ščedrin).

Bis in die achtziger Jahre war in der Sowjetunion die Publikation der Arbeiten von Juvačëv riskant. Erst 1997–2002 erschien in Rußland eine sechsbändige Ausgabe, die aber ihrem Anspruch philologisch nicht gerecht wurde. Eine angemessene historisch-kritische Gesamtausgabe steht aus.

Nach und nach
Der Text folgt Nikolai Michailowitsch Karamsin (1766–1826): Briefe eines russischen Reisenden. Über-

setzt von Johannes Richter (1763–1829). Neudruck der Übersetzung 1959.
Die erste russische Ausgabe erschien 1799–1801, die zweite 1802. Die deutsche Übersetzung erschien 1799–1802 in sechs Bänden bei Johann Friedrich Hartknoch in Leipzig.
Johannes Richter schrieb: «Die Briefe eines russischen Reisenden [...] waren es vorzüglich, die den Ruf des Verfassers als Schriftsteller gründeten.»

Bina Tenenblat
Bina Tenenblat berichtete Jahrzehnte nach dem Massaker in einem Interview davon: Youtube, Abruf 19. August 2015.
Siehe auch: https://www.yadvashem.org/holocaust/about/final-solution-beginning/mass-murder-in-ussr/barbarossa/tenenblat.html

Der Sandwich-Insulaner
Aus der Dankrede anläßlich der Entgegennahme des Berliner Literaturpreises am 26. Februar 2014

Kernseife
Der Reichstagsabgeordnete der Deutschnationalen Volkspartei (DNVP) Reinhard Mumm, einer der Initiatoren des «Gesetzes zur Bewahrung der Jugend vor Schund- und Schmutzschriften» (1927), hatte zum «Schutz vor Volksverwüstung schlimmster Art» die Zensur freizügiger Filme gefordert.

Inhalt

Die Nacht der Poeten 9
Antwort 12
Report 13
Geständnis I 18
Ich spiele nicht 21
Was hat Charlie gesagt 23
Blaue Augen, blondes Haar 24
Mitra 27
Feldpost 30
Geständnis II 32
Ohne Pferd 37
Karl Ditters 38
Mit Erde 53
Ich sage nichts mehr 54
Inhaltsangabe 59
Was hat Charlie gesagt 60
Letzte Liebe 61
Blut hören 63
Doppelt 64
Abzweigung 69
Was hat Charlie gesagt 75
Armenkönig 76
Nicht zu viel Fleisch 80
Kurzfassung 82
Vanille, Schoko, Kirsch 86

Der Duft der Kiefern 87
Ein Apotheker 93
Landrat H. 98
So oder ähnlich 99
Die Küche 107
Zwo Knäblein 109
Dr. med. Hans Haustein 110
Hundeschnauze 114
Hinter alten Brettern 116
Seltener Dialekt 117
Daniil Ivanovič Juvačëv, genannt Danja Charms 119
Deutsch-Ost 125
Nach und nach 126
Der Todesengel 131
Kurort 133
Bina Tenenblat 135
Zahltag 138
Was hat Charlie gesagt 140
Monsieur Tara 141
Freesien 143
Trotzdem 146
Der Sandwich-Insulaner 147
Kernseife 151

Anmerkungen 153